AQUARIUS

AQUARIUS

AQUARIUS

AQUARIUS

每個人心中都有一座島嶼，

藉文字呼息而靜謐，

Island，我們心靈的岸。

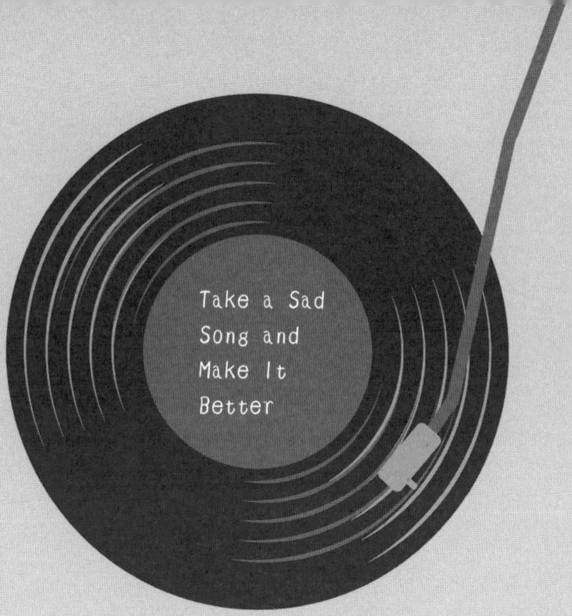
Take a Sad
Song and
Make It
Better

瓦力唱片行

瓦力——著

獻給

國琳老師，那個帶我進入音樂的人

狗窩 Hubert，那個讓音樂進入我的人

以及 Doc Eye，讓我有勇氣把故事說了出來

開店宣言——

拒絕忘記事物，開了一個「可以記得事物如何消失的軌跡」的寓所，如同電影《瓦力》總在時光的廢墟永恆淘選回憶的餘燼，我把它叫做瓦力唱片行。

一個純粹書寫音樂的一人唱片行。
不賣唱片，不賣卡帶，不賣宗教神像。
講音樂故事，音樂的鬼故事。

瓦力唱片行鬧鬼，也鬧心。那些鬧鬼的故事，講的其實都是人。
人死了卻還不得安寧，那些死不透、不得安息的愛與寂寥，它們都曾發生過。

推薦文

用一種味覺形容瓦力的文字，我覺得是「酸」

◎JoJo（KISS RADIO 電台主持人）

用一種味覺形容瓦力的文字，我覺得是「酸」。

有回憶腐敗的臭酸，有身心健康的檸檬酸。

誰准你把音樂寫成這樣迷人的？

講個與《瓦力唱片行》既無關係卻又相關至極的事，誰教《瓦力唱片行》一直讓我想起我的小時候。

每當下節目，我都跟聽眾說，如果想看我聲音甜美但本人帥氣的廬山真面目，可以上「DJ

JoJo 桑」的臉書粉絲團。但我很少講我明明叫 JoJo，臉書粉絲團卻取做「JoJo 桑」的原因。

寫這篇推薦序時，我一直使用 YouTube 播放著陳小雲演唱的〈長崎蝴蝶姑娘〉。

我出生的那個年代，第四台轉到很後面時，會有可以打電話進去，然後就可以看著電視唱歌的那種節目。不少音樂風格很那卡西，好多首台語歌的旋律都是從日本歌翻唱，有陳小雲，有陳盈潔，有白冰冰，好多好多。其中一首，就是〈長崎蝴蝶姑娘〉。我還記得電視中的陳小雲，在一群伴舞者前，副歌時唱著「啾啾桑～啾啾桑～」。

在父親忙碌時，電視音樂陪著他做汽車裝潢，而我還小，什麼都不會，所以電視音樂也忙著在陪我。看著電視，我沒有想要成為歌唱明星的嚮往，反而是記住了當時因為有音樂陪而不孤單寂寞冷的體會。

我想記住被音樂陪著的體會，所以我把「啾啾桑」這三個字帶著走。

後來，那個被音樂陪著的啾啾桑長大了，開始戀愛了。要談分手時，我選擇讓車內無限循環魏如萱的〈困在〉，以為氛圍可以留住他，但失敗了；很抱歉，三角戀必須要了斷，「藥水請蕭邦地擦，謊言請李白地講」，蘇打綠的〈你心裡最後一個〉記錄了我最後的溫柔；「深深的話要淺淺地說」，在職業迷惘時，以前的張懸現在的安溥用〈親愛的〉告訴我：

別忘了要快樂……

哎呀對不起，在別人的書裡講自己的事。

瓦力的文字風格大概就是這類型，講的是他自己感受的各種事，還有看似不可能發生但他就是寫出來了的事。

弔詭的是，明明跟他不認識，可你進入到他的故事情節裡會刻骨銘心。那種溫度，跟我小時候聽到〈長崎蝴蝶姑娘〉的溫度很靠近。

「啾啾桑」這一聲喊出來，喊的是做廣播想帶出陪伴感的初衷。《瓦力唱片行》它讀起來，讀的是被音樂擺渡到彼岸的大人中。

你從我的廣播中被最優化，我從他的心事裡被修復重組。

對於那些討厭卻又愛死了的，我總說，你這傢伙真的是吼……嘖！瓦力這傢伙真的是吼……嘖！

推薦文

生命為材料，血淚為薪火——不賣唱片的瓦力唱片行

◎蘇文鈺（國立成功大學資訊系教授）

你可曾聽過一首曲子時，全身如觸電般顫抖起來？你年少時可曾聽過一首曲子，之後的日子裡，每隔一段時間就會想再聽到它，像是遊子思念家鄉菜？你可曾聽過一首曲子後，一開始沒什麼印象，那旋律卻如附骨幽靈一般時常在你的腦子裡浮現？

有吧？有啦！

自從小時家裡莫名其妙出現了幾大箱台版西洋流行音樂黑膠唱片以及一台〇〇七手提箱音響，我指的是把黑膠唱盤，擴大機與喇叭都一股腦給塞進去還可以提著走的那種，

我的生命就出現了巨大的改變。我開始要求父親讓我去學鋼琴，未果。於是，開始了長達數十年，不管做什麼事都要有音樂陪著的日子，包含睡覺這件啥都不用做的事在內。隨著家裡音響升了級，家住高雄電子街旁的我又再動手把那套音響給再次升級，鄰居總是會半開玩笑地對我媽說，「你兒子回來了喔？」不知道鄰居心裡想的是這死囝仔怎麼老是把聲音搞這麼大，還是這音樂分享得好？

缺乏想像力的我，就這麼聽呀聽呀，到底音樂裡頭說什麼可是一點也想不出來，要看到「田園」二字才知道原來貝多芬那首交響曲講的是鄉村風景，至於那鄉村到底長怎樣，要等後來看了迪士尼那部配上《田園交響曲》的卡通之後才算有了點概念。我開始去蒐羅音樂背後的故事，例如青年殺死單戀的情人後下了地獄的故事，渣男殺了女主的老爸，最後老爸從地獄裡回來復仇的故事，兔子追著自己的尾巴快速旋轉的故事，學校如何以生產線的方式產出學生的故事，所有的愛情都要用死亡作為救贖的故事。數不盡的音樂與故事伴著我走過一段又一段的青澀歲月，於是年少好友的逝去與初戀情人的別抱等等不如意的人間事，都變得比較可以忍受。多年後到了異鄉，每日搭上夜裡慣於疾駛急停的A車地鐵，以及買了打折票坐進藍音符與百老匯座位的最角落，我算是比較能編織出自己的故事了，也終於知道為何公爵可以在小紙片上隨意寫下音符，幾個小時後就能跟夥伴們上場演出令人激賞的音樂。

真的是要有那個環境以及滿腦子為著音樂而瘋狂的思緒才行。

多年以來，我以每次十公斤的數量買進成堆的黑膠唱片，每一張唱片都用不同的唱針一一滑出動人的音樂，不管是一九三二年曼紐因稚年時由作曲家親自指揮所錄下的小提琴協奏曲，或是一九二七年的卡薩爾斯盛年時所演奏的巴哈《無伴奏大提琴》，還是卡拉揚在一九八九年所演繹的布魯克納《第七號交響曲》，他人生的最後錄音。在卡內基音樂廳裡，卡拉揚顫巍巍地指揮著維也納愛樂演奏布魯克納《第七號交響曲》的那一幕，總是隨著這場演奏之後出版的黑膠唱片響起時浮現在跟前，然後，我總是行如儀式地把卡拉揚一九五〇年指揮維也納愛樂演出《費加洛婚禮》的錄音取出來聽，那是卡拉揚即將成為音樂帝王，意氣風發的年代，此時，我總是又會聯想起安迪在肖申克監獄播放這首曲子的場景。朝如青絲，暮已白雪，一切轉成空。

一切都將成空，樂音在空中迴盪又何嘗不是轉瞬成空，一點也留不住。黑膠唱片的特性是每一次的重播都不會是一樣的聲音，每次的唱片演奏都是一期一會，那樂聲就如同流水，而似是一樣的流水卻不會是同樣的水所組成，生生滅滅，生滅滅已，不變的是什麼？因此，痴心的我仍然一直在尋找著故事，跟音樂有關的，不管是音樂家的故事，音樂本身的故事，還是從音樂裡衍生出來的故事，當然，我自己也在寫著故事，只不過寫來寫去，從來沒滿意過。直到有一天，一本藍皮藍骨藍調的書，《然而，很美》的出現。我沉迷在這本書裡，反覆地，一次又一次，看了又看，直到書裡的每一個爵士樂手的悲慘故事都會背了，我甚至還模仿這本書的手法寫了篇小說，那是對早逝的摯友的思念與不捨。

尋找下一本《然而，很美》的過程從沒有斷過。我總是把唱片櫃左手邊的唱片取出來聽完後放回右手邊，日子就這麼循環往復，日出日落，秋去春來，音響器材也如流水一般變換，我把成品廠機一一出脫，慢慢地，從喇叭開始，接著是擴大機，一樣樣換成是自己與友人動手做的或是設計的，包含黑膠唱盤與唱臂，日子在平凡無奇中波濤洶湧滑將過去，我也已待在這所表面上看來似是可以自由來去的監獄二十個年頭，如同安迪一般，來時萬青絲，今已兩鬢雪。

二〇一九年中，在臉書上發現了家新唱片行，本想去交關幾張唱片，未料到這唱片行竟不賣唱片，只說故事，音樂故事，鬼故事，還有音樂鬼故事。我納悶著，即使是解憂雜貨店也還賣著雜貨啊！但瓦力老闆用生命為材料，血淚為薪火，徹夜熬煮雞湯，在人心惶惶的歲月中，寂寞無助又徬徨空虛的闇黑心靈得到了撫慰。

二〇二〇年初，正當瘟疫蔓延時，心中不能說沒有惶惑，收到《瓦力唱片行》的初稿，我對自己說，尋覓的過程可以暫時停歇了，如果那一天終要到來，至少遺憾可以少了這麼一樣了。我細細地讀著每一個字，每一個字所形成的每一個故事流淌過我的心裡，把每一寸受傷結痂的地方熨平，卻又緊接著把似是平坦無瑕的日子的底下挖出新的傷口，血汩汩地流呀！流呀！

三生石上舊精魂，欲話因緣恐斷腸。

五十年來我聽過的每一分鐘的音樂的感受，多數都可以在這本書裡找到，推薦此書給在我生命中出現過的每一個朋友，不論是人間還是天上。

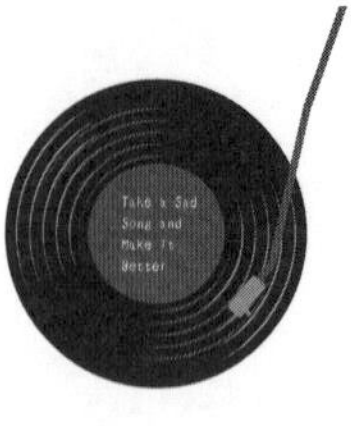
Take a Sad
Song and
Make It
Better

推薦文

目錄

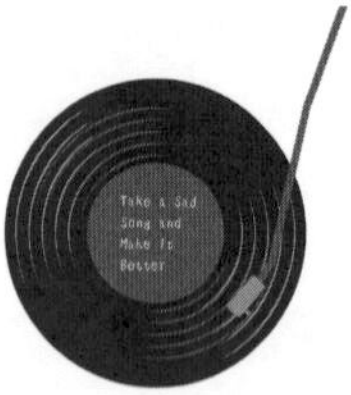
Take a Sad
Song and
Make It
Better

輯三 藍調知道，Only the Lonely

目錄

序曲

你無比確信，你曾被音樂引渡。

在這個「請勿對號入座」的音樂鬼故事系列裡，我試著替人們追憶那些如今已死去不再的愛情備忘錄，或無數次夢裡尋他千百度的等待紀事。如果你曾在其他地方聽過這些故事，那肯定只是個美麗的巧合。

我們的祖先，躲在洞穴裡，漫漫長夜難以為繼，只好開始講故事給對方聽，抵抗著孤獨，抵抗著世間此時所有的惡意。他們終究是倖存了下來。

在這串流音樂唾手可得的年代，如果有人真心地渴望被一首歌救贖，推門進來，不用脫鞋子。我為你沏好茶，開音樂的保護傘，為你抵擋世間所有的雨。如果你碰巧還在下雨，我會小心翼翼，把你的珍珠收好。

很久以前，我曾聽聞過這種說法：「人聲」是世間最美的樂器。後來我才知道，最美的是發出「人聲」的那人，如哄睡你的母親、如唱片裡那嗡嗡唱給自己的顧爾德，如情人，如春雨，如此刻——故事之初響。如你之聲。

輯一 ━ 我們在搖滾樂中做愛直到死去

愛是一種高度失真，是赤裸裸的真心，充滿瑕疵。像極了那不斷掉磁粉的卡帶，每唱一首，就是不斷傷害自己。為了更靠近你，甚至用唱針，不斷來回摩擦自己的靈魂。

電影《失戀排行榜》裡，約翰．庫薩克曾說，他的戀愛生命史，就是由片單構築而成的血淚之歌。也許你很幸運，未曾歷經失戀的苦楚。那也無妨。有歌的人，從不寂寞。

那些只為他們發光的曲調，從來就在那些幽微的角落中，等待播放，等待同路人的心心相印。

你那好冷的小手

女孩和我不做愛，已經很久了。

我們仍然會聚在一起，喝杯忙裡偷閒的咖啡。我們也會一起聊傅柯和紀傑克，然後大罵發達的資本主義裡，無所不在的帝國主義幽靈和政治意識的監控與操弄，像那些無腦的超能英雄電影。

然後我約了她去看電影，很無腦卻很好看的《復仇者聯盟》。

是的，和她在一起的時候，我甘願成為全世界最無腦最被玩弄的一顆棋子。

如果薩諾斯決定把她算在毀滅的那一半，我在另一半也就算是被徹底毀滅了。

沒有她，我活不下去。

這聽起來像是廉價超商輕小說的薄爛台詞，但我真的活不下去。

如果薩諾斯決定把我毀滅，她會有什麼感覺？

我不知道。

/

她先是遲到，在電影院看戲的時候不是很能專心。

事實上，她已經遲到很多次了。很久以前，我就發現，她看電影和表演都無法專心。最近的一次，我們去衛武營看《杜蘭朵公主》，在柳兒死掉的那一幕，我以為手裡會傳來她握緊的揪心溫暖，像我初次遇見她，她從我手裡接過祖賓・梅塔指揮的《杜蘭朵公主》。

「要不要來我家聽黑膠？」她點了點頭。第一次見面，我們像兔子一樣瘋狂地做愛，在柳兒的哭聲和滿城的茉莉花飛中，我們體現並嚴格遵守公主「今夜無人能睡」的偉大聖諭。

但那次在衛武營看戲，我很肯定，手裡傳來的是沒有任何感覺。甚至不是普契尼〈你那好冷的小手〉的冰冷。是什麼感覺也沒有。

她已經很久沒把手放在我的掌心了。

其實我很早就知道，到底發生了什麼事。從她房間第一張「鐵娘子樂團」專輯開始，我就應該有所警覺。但我沒有。

我以為這是大學生流行的時髦玩意兒，像我們曾經痴狂過的艾倫．金斯堡和伍茲塔克一樣。

她房間的重金屬專輯愈來愈多。

在那些滿牆的怪龍和魔物裡，我覺得有什麼比資本主義幽魂還可怕的東西在看著我。牠們的眼睛在僅留桌燈的暗房中瞪著我。

我在心裡咒罵她和她那隱形的男朋友。一定有這樣一個男朋友，否則你如何解釋

這些突如其來，牆上滿掛的重金屬黑膠？

我肯定沒患上任何疑心病。我知道，在我們彼此試著靠近對方的時候，她的男朋友就躲在床下，按住口鼻，忍住不要出聲，忍住不要笑出來。

我看著她美麗的身體意淫她，我開始不能很專心。

我開始覺得連射精都很困難。

/

女孩和我不做愛，已經很久了。

確切地說，我們想做愛，但性器已很久無法成功插入。縱使插入也很乾，很軟。

我連起碼的搖晃都做不到。

「你到底在做什麼，是不是個男人啊？」她所有積蓄的怒氣一洩千里，對比我的無能。

「算了，是我倒楣。」衣服沒穿就起身。

女孩看著床邊那把我送給她的七位數小提琴，深深地嘆了一口氣。我不知道，一個科班出身的小提琴手，身體能藏有這麼長的一口氣。我總以為，她那些吹銅管且長期不受教授重視的同學，嘴巴才能吐出這樣一口長長的氣。

女孩從牆上拿起一張 Wolfheart 的專輯，放入唱盤。原來這是她報復我的手段，用詭異的死亡金屬拆穿古典樂教授的假面。我的假面。

唱針還沒落下，我已經把耳朵摀住。

但手裡總有空隙的。今夜，我那粗獷厚實的大手，真正感受到來自她底心的溫度。來自她心裡真正的音樂。

唱針滾下溝槽的第四分三十三秒，我感受到身體以下有什麼比鑽石針尖還硬的東西。

女孩和我不做愛，已經很久了。

女孩和我瘋狂做愛，從第四十四秒開始。

吉諾佩第

所有正妹教戰手冊都教你帶她去聽音樂會。

帶她去看崩世光景，帶她去看《靠譜歌王》，帶她玩 Coldplay 或 Cosplay。但不要帶她去聽古典樂。

古典樂，是死人的音樂。她們很年輕，皮膚鮮活的細胞仍想為你綻放。唯一可以放行的古典樂，是薩提的《吉諾佩第》，又稱裸體歌舞。

我帶了所有女孩到家裡放這首，結果她們都睡著了。

原來是首催眠的曲子。原來正妹教戰手冊是這個意思。

但我有自己男性的尊嚴，我不想趁人之危。

只有一個搖滾女孩例外。

她告訴我，曲子放錯了。她說她從小就是學古典樂長大的。我靠！學古典音樂長大，最後竟然投奔搖滾，她以為自己是火箭人Elton John嗎？她說，她從小就是聽這首曲子長大。當她這麼說的時候，不知怎麼的，有種堅定且哀傷的眼神。有那麼一刻，我幾乎要相信她了。

然後我心想，這該不會是一個直升機老爸每天要求女兒練琴，最終逼出一顆「黑暗之心」而後投奔搖滾的故事吧？

每次都這樣。老哏。這妹以為哥出來這麼久，是吃素的？

她眼神泛出神奇的水珠。「不，」她說，「是我媽逼我的。」

我倒抽一口氣。是在演柏格曼的《秋光奏鳴曲》，母女相愛互殘的家庭悲劇嗎？

「她總是說，這首曲子很好聽，很安靜。連沒學過古典樂的人都難抵抗它裸舞般的魔性。」

我覺得她媽說的對了一些。

「她說，有一天，妳一定會遇到一個看來斯文正常的男孩邀你回家。男孩會跟妳談小津安二郎，陪妳看透納的畫，在妳作噩夢的時候告訴妳別怕，佛洛伊德他也懂一點。噩夢只是潛意識在作祟。他要妳不要擔心，只要挨他緊一點。

「然後他半邊的身體正好有空，騰出來的手就到架上找薩提的這首曲子放。妳會覺得很好聽，懷疑怎麼有人的心這麼浪漫。九成的機率妳會睡著，不到一成的機會妳會試著保持清醒，充滿陶醉的神情看著他。」

「不管怎樣，結果都是一樣的。一個放薩提的男人就是想……」

她突然間把「男孩」變成「男人」，讓我為之心驚，心中先前的猜疑似乎快要被證實了。

「這個男人，就是我爸。正確來說，就是給我媽精子的那個混帳。他放完薩提，迷暈我媽之後就消失得無影無蹤。」

難怪搖滾女孩從來沒提過她老爸的事。她根本沒看過這個男人。

「從小我媽就告誡我，小心放薩提的人。她叫我聽古典樂是為了保護我。她要我也聽搖滾，是想讓我知道真的有撒旦，但要全心愛搖滾，因為搖滾裡的惡魔從來不偽善，也不會騙你說自己就是神。這樣的惡魔，愛恨都是真的。」

我開始要愛她老母了。

「之前邀我的男孩，每個都放薩提。我一聽到轉身就跑。只有你放的不是薩提，你放的是薩德。寫出《索多瑪一百二十天》的薩德。」

等等，我壓根兒不知道我放了薩德！

肯定是室友昌仔幹的好事。

昨晚他叫我滾遠點，別回來壞他好事，有妹仔要來趴踢。一定是他亂動我的音響，放了這張薩德電影配樂！

「所以我知道你肯定是魔鬼。不是好人。」

搖滾女孩沒發我好人牌，我全身又舒服又鬆軟。

但有某個東西比昌仔還硬。握緊的拳頭很硬，一度想打爆他的頭。

「你不是好人。」她又說了一次。

「我知道。」我說。

在顏尼歐．莫里康奈為薩德《索多瑪》電影配樂的放送下，身體某個地方正罹患短暫「單」發性硬化症的我，讓她了解在床上把「搖」和「滾」兩字拆開讀時，真的好好聽。

啪啪啪，全世界的觀眾，此時都為我們拍手。

I've Never Been to Me

唐先生有個祕密，關於夜晚的狩獵之歌。

每晚哄小孩上床後，衣服洗好也晾好了，隔日上班的工具箱也放在玄關，該上油的上油了，該鎖緊的鎖緊了，他便神遊了。肉體還留在家事的日常空間裡，大半個意識溜到外面參加撒旦的崇拜。

說是「外面」，其實是自己的書房。或者也稱不上半個書房，就只是一個緊臨著廁所和廚房旁的畸零空間。在那裡，他用有時加班所得的多餘薪水，購置了一套簡單的黑膠系統。他很安心於這個不到兩個榻榻米的空間。在這個空間裡，只要音樂還流瀉著，彷彿就可以自身擔負起生活所有的勞頓與悲傷。

唐先生的祕密，在於他聽覺的不合時宜。他的靈魂無疑是更追古仿舊的，好像所謂鄉愁，終究是他畢生的簽名檔，也必將成為他的墓誌銘似的。他慣常播放的是「虎克船長」John Lee Hooker 的藍調音樂，或是「混水王」Muddy Waters 的民謠。簡單的鋼弦吉他撥弄著草根力量的怒吼，把黑人被壓迫的歷史，迸發成一首首反壓迫、吟哦自身美麗的生命之詩。唐先生非常能夠感受到這些黑人歌手內在的洪荒力量。

唐先生只是一名月薪不到三十五K的勞工。每一張得來不易的黑膠，都被他珍而皇之地保存著。以他的薪水，一個月最多只能買兩張後期廉價版位，或是刮痕嚴重、噪訊明顯的唱片。這也是他的另一個祕密：他總是能從所剩無幾的家用中，再省點自己的餐費，拼湊出第三張黑膠的形狀，有時甚至是第四張，如果剛好碰上月底店家常有的清倉大特價的話。

但他的祕密很快就被妻子發現。對她來說，那些黑壓壓的唱片封面，播放出來黑透透的人聲，簡直是無法理解的黑洞。她搞不清楚，唐先生為什麼把這些作古已久的死人聲音當作寶貝一樣。

嘶吼的拔裂歌聲，對她的耳膜形同凌遲，到最後根本像是魔鬼在怒號。

此後，每當月底家用又比預期的更早唱空城計，她會直接找唐先生對質。當然得到的答案都一樣：月底有第四張特價，不買對不起自己。

「難道你都不在乎我們？小寶的奶粉又快沒了啊！」

唐先生理解妻子的哀愁，來自柴米茶油醬醋鹽，凡此生活的種種壓力。他總是適時地道歉，說他其實比什麼都還要在乎她們。

但妻子不了解唐先生對於「魔鬼音樂」的需求，是對生活千瘡百孔的一種修補方式。受傷的心，血流得太快，得用黑色的膏藥塗抹，才不會露了餡。妻子不懂，也不想懂，那些每晚躲在角落進行的撒旦崇拜，究竟是怎麼一回事。

然後有一天，這天剛好是月底，唐先生滿心期待的特價活動竟然取消。他甚至不敢相信自己的眼睛，不僅沒有特價，店內的所有黑膠還比平常貴了兩成。老闆說，低價版位的刮傷片，現在很少人收，現在店裡專售片況較好的片子。

「因為你也知道，現在黑膠復興，片子比以前好賣啊！」他有點得意，呵呵地乾笑。

唐先生笑不出來，他乾癟的口袋買不了架上新換過一輪，片況標示為「NM」的黑膠。他吞了吞口水，看了看價格卻只能搖頭，又把片子放回架上。

「這裡倒是有一張片況『VG』的片子還沒退回上游廠商，也一直沒有人發現，直到昨天清點才跑出來。如果你要，就七折賣你吧。」

唐先生根本不想買，但旋即轉念，以後他都不可能再踏進來這間唱片行了。黑膠在漲，薪水卻早就凍漲，這張七折黑膠雖然完全不合脾胃，卻很可能是他在此間唱片行最後負擔得起的一張。天底下最後一片，末日前的最後一片。

唐先生掏出口袋裡那幾張鈔票，付清他此生最後一筆黑膠開銷，踏出門，踩著夕陽走回家。

那天晚上，唐先生顯得非常失落。他還是躲進了那個「外面」，卻無心進行妻子眼中所謂的撒旦崇拜。他恍神了，迷迷糊糊間，有人從「裡面」走進他這邊的「外面」。

「怪了，今晚有人不聽那些黑鬼在叫喔？」妻子有些緊張，但她佯裝得很好。

「啊怎麼不聽這張？難得封面是素雅的單色，應該沒人鬼叫了喔？」

妻子眼見愈來愈失魂的唐先生，終究是掩藏不住焦慮。婚後第一次，她要求他為她播放這張打七折的黑膠，這張沒人要聽，差點要回收的黑膠。她以為這樣，先生空洞的眼神，就會重新注入一點像是人的光采。

唐先生根本不想去放這張象徵一切得終結的宿命黑膠。他甚至沒意識到這是髮妻第一次希望他這麼做，也就沒有要刻意討好她。他仍蜷縮在自己的恐懼中，心中不斷重播那個悲傷的下午。

事實上，唐先生根本沒發覺妻子早把黑膠取出，在唱盤上自以為是地要降下唱臂。等到他回過神來，一切已經太遲。生平從未放過黑膠的妻子，竟如此膽大妄為去動他的唱頭！

轉動美妙樂符的唱針細如髮絲，是多麼脆弱珍貴啊，妻子卻不知道。

時空凝結了，唱針竟然沒斷。

唐先生猶自驚魂未定，他調理一下剛剛岔掉的氣，允許自己看著這一切，如在懸崖上跳鋼索般地發生。然後耳朵豎起，聽見那轉動中的樂符。

VG的片況，其實一點也不 very good。碟面的噪音比平常更大聲，卻掩蓋不了歌者如泣如訴的聲線情思要爆炸式地躍出。

Hey Lady, I've been to paradise but I have never been to me.

唐先生有些感動。他很少接觸這樣的流行樂。在轉動愈來愈大的噪音中，他還另外聽見一個隱隱的人聲。那是他妻子在啜泣。

「你怎麼知道我喜歡七〇年代，那些老掉牙卻又絕不難為情的歌？這首歌以前我的老師曾在英文課放給我們聽過。老師說這是偶像鄧麗君生平最愛的英文歌。老師一邊講解歌詞內容，一邊非常陶醉的樣子，好像只要有那樣的歌放在心裡珍惜，一切都會沒事。」

「那麼，妳為什麼哭了？」唐先生又驚又喜，又有點不安地問。

「我不知道。那時老師播的是卡帶，全班都陶醉了，後來我買的是高價版號稱高音質的ＣＤ，卻再也回不到那個下午。前幾年辦同學會，老師得了流感無法成行，只能透過視訊勉強跟大家說嗨。鏡頭中的老師明顯憔悴許多，視訊結束後，大家都在感嘆時光催人老。聊著聊著，竟然有同學講起這首歌，懷念起那個消逝的青春午後。席間大家開始講起自己的人生，有些人說她們已看過天堂，而有些人說她們從未做過自己……」

唐先生不敢問。

他不敢問自己的髮妻委屈下嫁給他這樣一個平凡的勞工，美貌曾經如此姣好的她，在日子無情的收割下，是否看過天堂，是否曾經做過自己。

「那時我的確什麼都不敢說，看身旁同學都有不錯的歸宿，彷彿做了自己。」他不敢問，妻子卻自顧自地繼續說，「而我卻再沒回到那個下午，那個初動心的時刻。」

「曾幾何時，我們的感情走得如此困難，我根本不相信有什麼天堂了。因為你啊，每晚總在聽那些魔鬼的歌，好黑好黑，吵都吵死了。你卻很少聽見我想跟你說話的聲音。直到今晚，正確來說，就是剛剛，我才又重回時光隧道，回到那個動心的英

文課下午。

「那樣的少女懷抱著怎樣對未來的希望，你知道嗎？生平第一次有人跟她說，不用依靠男人，女生也可以做自己，女生就可以是自己的天堂。那給了她多大的未來預想圖，多大的自覺領悟！彷若生命所有的可能，就在她眼前閃亮亮地展示著。」

「然後呢？」唐先生小心地問，像怕打破什麼。

「然後我遇見了你。」妻子說。「正當我覺得人生充滿可能時，我遇見了你。我們墜入了愛河，我有了孩子，而你有了播放黑膠的盤子。我一直以為黑膠是你逃避生命的方式，一種巧妙閃躲我們之間行不通的消極擺渡。直到剛才，一切有了不同。」

「怎樣的不同？」唐先生覺得自己快要因為極度的興奮而暈倒。

「那黑膠轉動的噪音其實好大，但不知怎麼，我就覺得很像真的。好像就是歌手她本人在我面前對我歌唱，唱出我一生的選擇，歌出我的無奈。她了解我，了解我還沒到過天堂，因為我還沒做過自己。對，她就是在對我說話！她曾在我年輕時，向我展示女人生命的可能，許久未見，眾裡尋她千百度，她今夜又對我說話了。她撫慰了我。透過黑膠，她親吻我那樣受傷的心。」

「所以，妳以後可能會跟我一起聽黑膠？」

「我不知道，可能吧。女人的心是善變的。我不知道我要什麼，我只知道我不要什麼。我不要你再把自己關在這裡，獨自一人聽黑膠，好像要單挑整個夜的孤寂。我也不要你再偷拿家用的錢去買黑膠，跟我老實說就好，也許我會答應。我也不要你再不好好聽我跟你說話，我希望你以後會像剛剛那樣，那麼專注我，看著我。也許這樣下去，一切會變好的。也許，就或許只是也許。」

/

唐先生有個祕密。關於夜的狩獵，與愛的回望。

那夜後，他不太可能跟別人分享自己曾經從「外面」走到「裡面」的小小奇遇。他真到過天堂的，因為在那樣遇見音樂的瞬間，他與妻子彼此共感地「回到自己」，聽見那愛初發軔的原音。

Knocking on Heaven’s Door

愛上骨感系女孩，站在風中隨時會被吹倒。

摸她的時候，像法醫在驗屍。

骨感系女孩什麼都沒有。

沒有身材，沒有天才，甚至連吃飯的錢都常常需要靠你救濟。

骨感女孩只有愛你，只知道要愛你。

夜裡你寫了多少詩給她。黑暗中，你點播男高音溫德利希的舒曼《詩人之戀》給自己的心。你以為這樣做，當她慎重地把情詩都打開，音樂也會隨之被打開。多麼美妙的瞬間。

你告訴她，身材略為豐厚的溫德利希，如何用他相同厚實澄澈的肉聲，撫慰你夢裡那些痛楚的渴求，那些深切的欲望吶喊。

骨感女孩的眼淚並不骨感。當它們流下，是大海的顏色，是貝殼耳朵的聲音。

你又告訴她，溫德利希英年早逝的故事。

他過世的那一天才三十五歲，整個德國還不知道喪失了一個偉大的年輕生命。等到他們發現了，失戀的人們開始在夜裡不斷播放舒伯特《美麗的磨坊少女》。

那是溫德利希最後的錄音，也是對愛情最深刻的禮讚。

他唱《美麗的磨坊少女》是那樣令人心碎，就好像唱給世間所有因愛而失落的情人。

他唱那些歌時，彷如沒有明天。

因為沒有明天，今夜是僅剩的奇蹟。

今夜是奇蹟，而你現在跟她在一起。

骨感女孩身體的大海都在翻滾。

你邀她到你家。

當你打開喇叭，空間流瀉的是李帕第在法國貝桑的最後一場獨奏。

打著強力嗎啡，李帕第忍受身體極度的苦痛，向觀眾鞠躬。所有人都看得出來，鋼琴家在忍受著什麼。李帕第陷落的顴骨和微微扭曲的雙手，像是在天堂之門前，不斷敲打精神的樂符。

至此，她已經完全理解你是真的愛她。

/

愛骨感女孩，骨瘦如柴、健康堪慮的女孩。

你愛她是因為她有病。你愛她是因為知道自己有病。

病到不能再病。只好擁抱最真摯的生命，那幾乎是一種宗教性隱喻。

病到不能再病。只能想辦法不要那麼病，忘記自己快要壞掉。已經壞掉。

病到不能再病。只好愛你，只能愛你。只要愛。

你終於告訴她心裡最大的祕密。

一場最偉大的現場演出，幾乎沒有人知道。

那是你最喜歡的指揮家孔德拉辛，一九八一年三月七號在阿姆斯特丹指揮馬勒第一號交響曲《巨人》。

她問你為什麼這樣喜歡。

「因為演完馬勒，隔天他就與世長訣了。」

指揮馬勒是心靈的考驗，更是體力的長跑。此刻的孔德拉辛感到自己很老很累了，他不想接續臨時辭演的名匠鄧許泰特，深知這樣做，肯定捱不過馬勒《巨人》殘酷的試煉。

最後一場馬勒，他只是代打臨演。沒有人太注意。

沒有人覺得他的馬勒能比正宮鄧許泰特好。沒有人期待。

孔德拉辛知道自己必死。也罷，指揮家就應該倒泊在自己流血的舞台上。在答應代打的當下，他已經看見那個不遠的未來。

像尤里西斯最後的漂泊之旅，孔德拉辛面對死亡，毫無懼色。
他終究是踏上了舞台，指揮不可能的《巨人》，成就自我生命中的巨人。

骨感女孩說這是她一輩子聽過最美的故事。
她知道你永遠都會像現在這麼愛她。

永遠是多久？
永遠是當你知道你遇見她的第一天，生命的沙漏就已經開始倒數的時間。
然後你希望那些時間乘上宇宙所有沙子的數目不要停。
永遠就是那麼久。

永遠也就是那麼短。
當你摸她的時候，好像法醫在驗屍。
永遠只剩下一年，一個月，一週，一天，一小時，一分鐘。
永遠就是當你大聲說我愛你，宇宙都停下來的這一秒。
你知道她將死。你只能愛她。只要愛她。只想愛她。

這是你的《美麗的磨坊少女》，你的李帕第，在永恆之前，不斷地叩門。

讓我進去，讓光進來。

Knocking on heaven's door.

這也是你的孔德拉辛。

很少人知道的孔德拉辛，以及更少人知道的最後一場馬勒《巨人》。

從現在開始倒數，你再也不害怕了。

安心地知道，你們終將在愛中復活*。

*《復活》為馬勒第二首交響曲。全曲甚長，一般CD都要收成兩片才能演完。《復活》亦是馬勒交響曲中首次引進合唱團，一如貝多芬首次在《合唱》交響曲，在純樂器之外，必須透過「人聲」才能抒發他對全人類的愛。《復活》的高潮不在英雄（巨人）的勝利，在於他放棄那世間那樣易碎的勝利，理解愛是什麼，肉體雖腐朽了，靈魂卻被天國接引，於是復活，於是永生。

Tell Laura I Love Her

隨著《復仇者聯盟四》的熱潮席捲全球，我也不免俗加入這場漫威史上最強戰役。

對我而言，漫威所有超能英雄，我最喜歡不是人氣最高的鋼鐵人、美國隊長或最吸睛的黑寡婦，而是《星際異攻隊》裡很活在自己世界的星爵（Star-Lord）。每次他出場，必定有俗到不行的舞曲大帝國合輯，播放的就是八、九〇年代懷舊金曲。

你說這些歌現在聽起來很俗，其實在我們那個年代酷斃了。

那是一個還沒有CD隨身聽，也沒有串流音樂隨手可得的青澀歲月。我們所擁有的，就是一台 Aiwa 或 Kenwood 卡帶播放機。

那些年，我們一起追的女孩，如何對她獻上你用詩寫不出來的愛意？就是透過卡帶對錄一些俗稱B版的西洋熱門歌曲。

說起來真的很酷，那時還沒有所謂「手作達人」的文青詞彙，可是我們表達愛情的方式，真的就是純手工，一枝草一點露地把卡帶灌好灌滿。有趣的是，你得特別從曲名或歌詞想哏，好讓對方知道你的心意。

我印象很深刻，高中時有首紅歌叫〈Tell Laura I Love Her〉，但我喜歡的女孩子叫Lola，怎麼辦？想來想去，還是硬著頭皮把歌錄在B面第一首，隔天拿去學校送給她。

結果怎麼樣？

我們沒有開花結果。

直到畢業後有次聚會，她才跟我坦白：「我其實也很喜歡你，但你的英文太差，把我的名字給拼錯，恐怕根本上不了國立大學。」

她成績頂尖，後來果然上了台大。

我因為天天聽歌拷貝愛情，玩物喪志，後來也進了台大補習班。

Rolling in the Deep

你有沒有看過史丹利・庫柏力克的《發條橘子》？

對很多號稱文青的迷哥迷姐來說，這是一部反政治意識入侵你腦袋的絕佳科幻文本。對我來說，這是一部音樂把妹指南。

裡面的男主角邁道爾長得有夠醜，有夠噁心，他在真實人生裡非常崇拜飾演《萬花嬉春》的歌舞大神金凱利。有次終於見到了金凱利本人，迷哥魂上身的邁道爾馬上向前攀談示好，金凱利卻朝邁道爾噴了一口水，「我知道你是誰，你令我十足作嘔。」

到底這樣噁爛的邁道爾如何在電影裡把妹成功的？

「要不要來我家聽黑膠？」這句經典名言恐怕你們都聽過太多遍了。

不，你這個白痴，誰跟你說是從電影《失戀排行榜》出來的？

當然邁道爾在電影裡也沒確切這樣說過，至少我不記得了，但他的確用黑膠，放了更噁爛的貝多芬《快樂頌》電子魔幻混音版，成功拐了兩個英倫正妹上床。

這，就是我悲慘戀愛的開始。

/

我把花幾千塊在網路上集資購買的紙盒唱盤，放在我精心設計的臥房裡。

集資預購的好處，就是會多送你兩張黑膠，太好了，連黑膠都不用買。

雖然不是我想要的貝多芬交響曲，但這兩張黑膠也怪有意思的：它們根本不是黑色的黑膠，是彩色的彩膠。

我向派對上遇到的女孩，用老式的方法，和老式的男人體臭味，博得她一點點起

碼的興趣。

然後我跟她說，「我家有黑膠。」

她瞪大了雙眼。她顯然聽過那些關於黑色大餅的浪漫傳說。

但實際上，我根本不會播黑膠。把派對女孩成功誘騙到我的黑膠密室後，我卻慌了。

奇怪的是，女孩還是願意跟我上床。在胡亂播放的黑膠背景聲中，我們顫抖地做愛。

臨走前，她看了我一眼。

「你的上床技巧和你的黑膠聲音一樣爛。」然後，她就消失在我的生命裡。

從那一刻起，我就把這張愛黛兒的粉紅《Rolling in the Deep》唱片藏在床下。我不想讓別人知道，有女孩曾經和我在床上聽黑膠，但她嫌我不夠滾得深入。

我們一起聽〈Rolling in the Deep〉，但她沒有「情到深處無怨尤」的高潮。

一秒都沒有。

我不想讓你知道。

我想讓你知道第二張預購附贈的黑膠故事。

這次我終於學會調整了。

最起碼的AB點對準，最簡單的VTA設定，一點點安心的抗滑。

在邀任何人來之前，我得確定黑膠唱到內圈沒有雜音，聲音至少是對的。

我緩緩拿出杜普蕾演奏的《艾爾加：大提琴協奏曲》，遵從所有黑膠迷的儀式和惺惺作態，把唱片放到唱盤上。

可惜我並不知道杜普蕾是誰。

可惜我從來就喜歡小提琴的高雅，勝於大提琴的遲滯。

我靜靜地把整張唱片聽完。

然後，我高潮了。

臥坐的毛毯一塌糊塗。

我不想再邀任何女孩來我家聽黑膠。一個也不要。

但你可以知道這個故事。一個唱片取代真正插入的故事。
在針尖摩擦黑膠的第一秒開始。在大提琴琴弓滑入腔室的當下。

（每次講完後面這個鬼故事，都有一堆妹要去他家聽黑膠！他到底用這招誘騙多少良家婦女啊。）

Hello, Goodbye

你開始發現，你們之間的距離，不只是一首歌而已。

每當你上線，興沖沖地告訴她，某張二手唱片你剛剛如何在下午的舊物市集找到，她卻默然。剛開始你很確定，一定是因為時差的關係。你捎去訊息的時候，也許她才剛剛入眠，還沒看見你熱切的心如此發燙。

差了八小時的兩個城市。

在離別的那個晚上，你們深深地抱著彼此，說有音樂，你們不會再寂寞。你們不用晚安詩那招做為一日的心情點播。你們要用真正的音樂，用愛寫成柔情密語給對

方。不論距離有多長，無論夜色多黑。

前半年你們還維繫得很好。電腦那頭當她傳來〈House of the Rising Sun〉，你知道她正充滿朝氣跟你說早安。剛要入眠的你，強忍著睡意也要點播一首〈Can You Feel the Love Tonight〉，告訴她，你很想她。

你知道你回播的那些歌都不好，太簡單也太老套，赤裸裸地馬上被識破，一點都沒有兩個城市玩對角線猜心的神祕感。

因此你無比感激，她總是照單全收，一點也沒有覺得你點播的歌俗氣得很可以。她知道，愛情本來就是俗氣的東西。她不需要高尚，也不需要無謂的拆解或拆招。她需要的是沒有偽裝的真實內裡，大剌剌地在風中曬著花褲也不需感到羞恥。

她就這樣包容你俗氣的存在。

漸漸地半年過去，在空中點播給她的歌，愈來愈難馬上被回播。

你知道異鄉求學不容易，肯定是沒法立刻就回。但現在的她在做什麼？聽著教授的法文，心裡想著你，在教室裡卻找不到方法遠地寄情給你。她這樣一張亞洲臉的獨特存在，肯定連按手機鍵盤的聲音都太顯眼了。

然後，是已讀不回。或是不讀不回。等到週末她才回傳說抱歉，身體不舒服，遲了幾天才能說話。

你心揪了一下。

如果相信她，就是相信她身體真的不舒服，至少是壞了好幾天，才得以回你訊息。

如果相信她，就代表你什麼都不能做，什麼事都沒有做。過去的好幾天，當她不舒服的時候你沒做什麼，如今已經康復，你卻是想做什麼都不能了。

如果不相信她，就是默認一個實際上很明顯的事。

但你不想談，你連想都不想去觸及那個念頭。

你只是看著那個「對不起，身體很不舒服回你晚了好幾天」的訊息，眼神空洞地發現，第一次，她沒有點歌給你。

沒關係，一定太忙。習慣就好。

沒關係，時差惹的禍，習慣就好。

沒關係，沒歌也沒關係，至少她有寫字給你。

沒關係，沒字也可以，表情符號也很好用。

沒關係，知道她在線上就好了。

沒關係，她在那邊一定很平安。

習慣了那些不習慣之後，似乎什麼事情都可以理所當然地面對。

所有事情，縱使在它們逐漸消失的時候，都有了反面解釋的可能。

但這一天，你早上在市集終於找到那張你們在電影裡定情的專輯。你心情很激動，你說什麼都要馬上告訴她。

那是Peter, Paul and Mary的《Album 1700》。

聽著第二首〈Leaving on A Jet Plane〉，你想起你們倆相距已經超過五百哩了，而電影《醉鄉民謠》的版本曾經是你們最愛的翻唱。

你知道她不太可能馬上回的。

你知道那至少是幾個小時或幾天或幾週後，她才知道你底心的星星早在此處為她爆炸。光跑了這麼久，才入她的眸中成為視覺，成為黑夜裡偶然的閃爍。

這次，她過了十分鐘就回了你的歌。

那是你們的愛團，沒有辦法再更俗氣，也無法更偉大的披頭四。
他們的精選輯，紅色的封面裡，中間香蕉黃般大的「1」。
她沒有點第四首給你：〈I Want to Hold Your Hand〉。
也不是第十八首，你們曾經一起哭、一起看過的《愛是您・愛是我》：〈All You Need Is Love〉。
她點了下一首。

〈Hello, Goodbye〉。

於是你聽見，她打招呼的方式，就是永恆地道別。
你終於明白，你們之間的距離，再也不是一首歌。

你們連僅剩的一首歌都沒有了。

Help!

女孩來找我，說她最近喜歡一個音樂科班的男孩。

男孩還不太認識她。

男孩有古銅色的肌膚。

男孩彈琴的時候，身上的汗會隨著美好的線條流下。

男孩笑起來的樣子很可愛。

女孩想送他一張有意義的古典樂專輯。原本只聽搖滾樂的她，還特地上網

Google 古典樂迷的十張荒島片單。

「巴哈的《郭德堡變奏曲》，這張可以嗎？」

「不可以。裡面有個叫顧爾德的混蛋，半夜會出來用哼聲嚇人。」

「維瓦第的《四季》？」

「聽到夏季我已快熱死了。你嫌現在還不夠熱？」

「韓德爾的《水上音樂》？」

「這裡明明沒有水。」

「莫札特的《魔笛》？」

「他耳朵會炸掉，然後殺了夜后。」

「易沙意的無伴奏小提琴？」

「有點意思。」

「什麼意思？」

「這張片單是假的。沒有人會在十張以內選易沙意的。你乾脆選梅湘還是武滿徹好了。」

女孩心滿意足地回去了。

至今他們每年的結婚週年曲都是武滿徹的恐怖宇宙之音。我每年都被迫在他們的派對上聽一次，用他們同樣恐怖的系統重播。像今晚。

When You Say Nothing at All

和男人決定同居的第一天，我就有不好的預感。

自己住的時候，一切似乎比較輕鬆。

洗一個人的衣服，丟一個人的垃圾，吃一個人的飯，刷一個人的牙。連空氣都不需要和對方平分。

陽光剛剛好只照在一個人的肩頭。

男人不是不願意幫忙家事。我們之間的衝突，不在於誰做多誰做少，而是付出的心意，永遠抵達不了對方的眸。

決定住在一起的當晚，我晚回家。吃完他精心準備的晚餐，心裡都是暖滋滋的感覺。

打開書房的燈，我的臉比桌上的合果芋還綠：

桌上只剩合果芋。

男人搬進我的家。男人有潔癖。男人就愛東西放在它們該有的位置。

男人不知道，我不是不愛乾淨。我只是不喜歡別人亂動我的東西。

他不知道，那些看似雜亂成堆的工作進度表、同時進行的好幾部小說和更多鮮色印刷的型錄，那堆小山就是我獲得日常存在感的洞穴。

我忍下怒氣，不願讓剛養好的甜蜜，開始腐敗。

我們只是冷戰。

我們肯定是愛對方的，愛到願意把自己交出去，讓對方住進來。

愛到願意忘記這裡很小，一點點的不適、不對頻，都像最小的針，扎進肉裡。

傷口很小，你覺得不用處理。

傷口加劇，想要處理，也已無力。

我們之間的裂縫愈來愈大。

我們住在一起，睡同一張床，吃同一頓飯，看同一場電影。衣服在絞成一塊的汙水裡不斷地沖刷著，我們卻沒有靠得更近。

為了在一起，吞忍小事，不斷消磨著愛。

他愛我，幫我收好書桌，我卻連感謝都說不出口。

我討厭他對我好，用錯方式。但我不說。他也沒問。

他只是放空。

每次當他感覺我哪裡不對了，他什麼都不說，不想理我，自己走到客廳聽音樂。

我從不反對他聽音樂，但我討厭他自己一個人聽音樂。

他知道我怕吵，我知道他喜歡聽音樂。為了在一起，他主動離開，自己到客廳，一個人聽音樂。

我應該說的，但我沒有。

比起怕吵，我寧可在他的音樂聲中，聽見他還在這裡，沒有離開。

我寧可讓愛成為噪音。

/

和女孩決定同居的第一天，我就有不好的預感。

自己住的時候，一切似乎比較輕鬆。

洗一個人的衣服，丟一個人的垃圾，吃一個人的飯，刷一個人的牙。連空氣都不需要和對方平分。

陽光剛剛好只照在一個人的肩頭。

女孩不是不願意幫忙家事。我們之間的衝突，不在於誰做多誰做少，而是付出的心意，永遠抵達不了對方的眸。

決定住在一起的當晚，她晚回家。看著她吃完我精心準備的晚餐，心裡都是暖滋滋的感覺。

打開書房的燈，她的臉比桌上的合果芋還綠：

桌上只剩合果芋。

我搬進她的家。我沒有潔癖，但我決定東西放在它們該有的位置。女孩不知道，我不是非要乾淨不可。我只是不喜歡東西找不到自己的家。

我很心疼，那些雜亂成堆的工作進度表、同時進行的好幾部小說和更多鮮色印刷的型錄，那堆小山會讓她工作失去存在感，變得沒有效率。

我忍下委屈，不願讓剛養好的甜蜜，開始腐敗。

我們只是冷戰。

我們肯定是愛對方的，愛到願意把自己交出去，讓對方住進來。

愛到願意忘記這裡很小，一點點的不適、不對頻，都像最小的針，扎進肉裡。

傷口很小，你覺得不用處理。

傷口加劇，想要處理，也已無力。

我們之間的裂縫愈來愈大。

我們住在一起，睡同一張床，吃同一頓飯，看同一場電影。衣服在絞成一塊的汙水裡不斷地沖刷著，我們卻沒有靠得更近。

為了在一起，吞忍小事，不斷消磨著愛。

我愛她，我幫她收好書桌，她卻一句話都沒有表示。

我不期待她對我表示感激。她的沉默，比最惡毒的話還刺耳。

她什麼都不想說。

她只是靜靜地關起房門。每次當我感覺她哪裡不對了，她什麼都不說，不想理我，自己走進書房寫小說。

我從不反對她寫小說，但我討厭她自己一個人寫小說。

我知道她怕吵，她知道我喜歡聽音樂。為了在一起，她主動離開，自己到書房，一個人寫小說。

我應該說的，但我沒有。

比起自己一個人聽很爽的搖滾樂，我寧可她把寫爛的稿，當紙飛機丟出來射我，告訴我她還在這裡，沒有離開。

我不願讓愛那麼安靜。

/

今天我把唱片全賣了，買一台更好更快的文書電腦。
我想告訴她，熱情激昂的唱片沒有她重要。
我希望她出來客廳寫小說就好。我可以不聽音樂。

/

今天我把和編輯的約會取消了，我不太想寫小說了。
我想告訴他，雜亂、給我存在感的書房沒有他重要。
我希望他進來聽音樂就好。我可以很乾淨。

/

回家我見著了她，我還是什麼都沒說。我無法告訴她。

回家我見著了他，我還是什麼都沒說。我無法告訴他。

他／她為我放棄一切。一切無須多言。

什麼都沒有說的愛，說了全部。

Killing Me Softly with His Songs

夜已經很深，二十四小時開放的書店，此刻只剩店員守著孤獨。我在這兒瞧著店員，確保他沒有發現，我一直往另一對角線亂瞧。

那裡有一個女孩。

她已經在那裡很久了。看起來是個高中生，長髮飄逸，是一眼就很討喜的樣子。

我想，她必定是口袋現金有限吧，左手翻著村上春樹的十張最佳爵士推薦，右手反覆試聽的就是那幾張。可是就是那幾張，讓她心神不寧，難以下定決心。

如果只能選一張，你會選 John Coltrane 的《華麗人生》，還是更保險的 Bill

Evans《給黛比的華爾茲》？

我認識的每個女孩，談得上心的，就為她播《給黛比的華爾茲》。然後我會告訴她們，貝斯手 Scott Lafaro 是怎樣在演出的幾天後，發生車禍。自此，痛失好友也是生命最重要知音的 Bill Evans，會在未來的路上，繼續實驗自己的風格。

他會走得更遠，在爵士的奧林帕斯山上摘取更高更亮的星星。

但那又如何？沒有 Scott Lafaro 的每一天晚上，對 Bill Evans 來說，漫漫長夜都失去了燦爛的可能。

/

很久以前，我就發現，所有碎心美麗的音樂故事，都是恐怖故事：有死亡，但不一定保證有救贖。常常過了很久，我們也不了解那樣的死亡，究竟象徵的是什麼。

你還記得黑森林的一個吹笛手，把一群無知的小孩騙到山崖通通摔死的故事吧？

小時候的你，聽到這個故事，是不是有被騙的感覺？

你堅信著，若你是那些小孩，肯定不會受到一首曲子的蠱惑就去死的。

「小孩太蠢而無知了」，你自信必能脫困。

可是你知道嗎？「無知」的英文是innocent，它的另外一個意思是「天真」。在你自以為聰明地避開危難了，是不是，也曾有那麼一刻，希望自己可以「天真」一些？

是不是，如果確定自己不會因此掉落山崖，你也想聽看看那首讓所有小孩跌落山谷的曲子，夜裡聽來到底有多寂寞？

如果不用因此付出代價，那首曲子還會一樣地好聽，一樣地蠱惑人心嗎？

我不知道。我只知道，所有聽見曲子的小孩都死了。

我也清楚地記得，故事的結局是這樣寫的：所有小孩都列隊前進，無不興奮地一一跌入山谷……

曾經有那樣萬分之一的機會，前一人已遭劫難了，後一個小孩再無知，也該發覺下面就是懸崖了，再走一步，就是末日。可是沒有一個人因此停下他們的步伐。

一個都沒有。曲子仍然在吹。

是怎麼樣的情形，讓小孩毫無警覺地一一跳下去？

他們處於一種附魔的狀態。

或者，與其說是附魔，不如說他們聽見的，是怎樣的神啟。

有沒有這種可能，在你看來是危機四伏、通往地獄之門的懸崖，對聽見音樂的人來說，卻是真正的天堂？

/

我鼓起勇氣，跟女孩說，她要的唱片，我家都有。

回應一個陌生男子的邀約像是死亡之旅，女孩遲疑了。

我家有音樂，我家有比爾・艾文斯。但我家沒有妳。

妳才是今夜的主打歌。

女孩陪我回家。

我們一起創造此刻的音樂。
寒冷的夜，像那首老歌，〈Killing Me Softly with His Songs〉。
她用愛溫柔地殺死我。

我們墜入天堂。

煙霧迷漫你的眼

午夜的肚子餓，我常常到街角的超商買泡麵吃。

夏夜裡的寂寞還是有點冷。超商的櫃檯女孩幫我結帳時，總是溫柔地告訴我，茶葉蛋有特價，加一顆比較好。

有時候她會偷偷塞給我一盒剛過期十分鐘的沙拉，然後把凱薩醬通通丟掉，說：「不健康，不要加比較好。」

一種吃沙拉都不配醬的哀愁。

其實大半時間我是不餓的。走向街角的路上，時間過得特別慢，在心裡預備的練習就好像是一種恆久古老的宗教儀式。

逢魔的深夜裡，幾乎沒有人來這間偏僻的超商，除了門口的老狗和蚊子外。

我知道此刻在這裡，我很安全。夜裡寂靜到只剩下她的音樂。

超商只能播放法定合作的廣播節目，但她知道不會有人來。她播自己的清單，那些魔力紅的歌曲和西洋鑽石情歌一百。

她為我播。

此刻在超商座位旁，我在吃泡麵蒸騰的煙氣裡，點燃的都是她的歌。

我知道再過半小時，遠方會有轟轟的哈雷聲傳來。

先是緩緩的 Adagio，然後愈來愈大聲。

我知道再過半小時，深夜的超商加油站裡，她那長得一點也不像蘇格拉底的男朋友會這樣出現。

以他哈雷的威猛主題曲，掩蓋空氣裡曾經沸騰的心。

那並沒有關係。

他不會知道。

在午夜有小雨的晚上，我和她曾經靜靜地坐著，一起享有過這樣的歌。

一首給陌生人的主打歌。

〈Smoke Gets in Your Eyes〉。煙霧迷漫你的眼。

他永遠不會知道。

/

巷口的那家小七，這幾天正在進行整修的工事。

我到小七隔壁的元氣早餐店排隊點餐，正好瞄到小七的女店員站在前面。我們快速交換一個招呼的神情後，我說：

「怎麼啦？做得好好的，老闆為什麼要整間拆掉重練？這樣要花不少錢吧？」

「還不是要改成超商二代店。你知道的，更快速的免費 Wi-Fi、更好的用餐環境、更時髦的咖啡雅座。」她無奈地說。

在此同時，她也告白了一個無人知曉的事。

「跟你說喔，你不要跟別人講，也別寫進你的小說裡。嘿嘿，你的小說我都有在發落喔。其實啊，花這個錢是要省更大的錢啦。你知道嗎？客人都不來了，不是因為咖啡不好喝、便當不好吃。我們一樣笑臉迎人啊，說不定還笑得比平常更賣力，可是人愈來愈少了，不是嗎？那是因為，我們附近社區都是老透天，白天沒人可幫忙收信件包裹，大家只好瘋狂把東西塞往我們這裡，下了班，就可直接來這裡收，像免費租賃的郵政信箱。」

「但我們的空間早就被塞爆了。」她的口氣，盡是無奈。「我們和快遞公司說，沒有空間再塞大家買的那麼多東西了。那些要寄的要買的，擁擠成堆。會發爛會腐臭的，封在裡面誰也不知道是什麼，常常過一個晚上就流出紅色的湯湯水水。嚇死了，還以為是那種東西。」

因為是早餐店的緣故，她刻意壓低了「那種東西」的音量。

我在心中百轉千迴，回想上週老媽寄來的火龍果是怎樣的顏色。

「就在前幾天，我們收到一大箱由日本寄來的貨件。因為太大了，我們空間早就不足，只好讓其他小包裹先堆放在上面，誰知道客人領回去，說外觀有瑕疵。因為有報值寄送，總公司調閱了監視器，發現寄送的過程沒問題，是我們把人家的東西

壓壞了。

「可憐的店長，只好整筆吃下，和客人談定條件，花錢把他的東西買了下來。你猜是什麼？一對很大很老的喇叭，好像是ＪＢＬ什麼的。總之，聽說花了店長不少錢。就是因為花了不少錢不甘心，店長才下定決心要把店改成新的二代店。這樣一來，喝咖啡和倉儲的空間變大了，客人也才會回流。」

我心中有些不解，這樣一來一往，要花上不少錢，為什麼最近我在巷口遇到店長，他臉上都有愉快的笑容，彷若一個人就陷在自己的隱形空間裡，自在地活著？

超商女孩彷彿知道我心中的疑惑。

「有趣的是，要花錢店長反而不怎麼難過。聽說是那對日本大喇叭在家裡放出了好聽的音樂，讓店長最近看來都很開心的樣子。」

「趁著新裝潢，你怎麼不叫他把喇叭搬到店裡？真的好聽，搞不好會吸引更多客人。」我訕訕地笑，心想這個提議聽起來笨死了。

「他不要。」女孩堅定地說。

「他想了想，猶豫再三，最後還是鼓起勇氣打給那個倒楣的客人，請他直接從日本再訂一組老喇叭。還請那位客人開幕當天來聽，他會沖煮免費的咖啡請大家享用。」

「你會來嗎？」女孩輕輕地問。「下午三點，人潮最多的時候。有免費的咖啡耶。」

「我不要。」此刻我點的大杯烙賽奶茶才剛接過手，有種冰冰的、不實在的感覺。

我沒告訴她，在沒人的半夜裡，星光寂寥的那些時刻，我才會慢慢走向街口。喝一個人的咖啡。聽一個人的老音響。

這些我都沒告訴她。她不可能知道。但我知道，那些寂寞的音樂裡，當所有人都在家安眠時，她會在。

她必須在。

我們聽的音樂不一樣。

而我們的寂寞，沒有不同。

天鵝湖

在一起的第一天，我們去堀江買手錶。

那是一對要價不菲的對錶。淡紫色的錶面、鵝黃色的錶帶，在她略顯蒼白的手腕上顯得很好看。打開錶面，會有柴可夫斯基的《天鵝湖》輕輕傳來。她幾乎是第一聲就愛上了這雙對錶。

她從來不知道，我們戴著一樣的錶，但我們過的時間不一樣。

每天我的錶都刻意調快她十分鐘。

十分鐘更早到公車站等她。

冬天的冷風，在沒有加蓋的單人座椅上總愛狂舞。

十分鐘更快到福利社。

知道夏季的體育課要人命，她一定口乾舌燥。

十分鐘更快看見放學的天氣不對勁。

沒人帶傘的時候，你要自己想辦法。我要為我們想辦法。

美麗的手錶在我黝黑的手臂上顯得有些侷促不安。它知道它不應該在那。

她的時間慢了我十分鐘，和世界完美接軌，但她並不知道。

/

騎摩托車去西子灣的路上，隧道太暗太小，有個小白硬要從後方切入內駛道。

為了護住她，我用手擋住迎面而來的惡意和撞擊。鮮血沾染了張開的手錶，流進了《天鵝湖》。音樂停在最高潮。

在西子灣看海的時候，她說她不再愛我。

沒辦法就是沒辦法了，什麼感覺都沒有了。

原來我那些因提早而缺席的十分鐘，正是她得以進入其他男孩視野的神祕時刻。

被偷走的十分鐘，一天裡的所有十分鐘，加起來正好播完整張柴可夫斯基。

男孩打開她的手錶，聽見《天鵝湖》。他們的心，為彼此起舞。

原來她到西子灣是為了跟我講這件事，好像海風可以吹散最寂寞的心事一樣。

我沒有哭。她也沒有。

她只是淡淡地說，你手錶都壞了。要我把染血的錶丟到海裡。

從她的語氣中，我知道我已經輸去一切。

「我只希望妳，可以一直戴著這只手錶。」

她被我堅決的語氣嚇到了，木然地說好。

我們下山，晚霞的西子灣把我們的青春丟得遠遠的。

但我還沒丟掉我壞掉的情人錶。我永遠也不想丟。

從明天起，我知道，一天裡我的錶終於能和她的對準兩次。
在我為她伸出半個身子的當下，機車撞壞了一切。
音樂停了，舞者被時間封印。
我被封印。

15:07

03:07

每天我的心都會為她再死兩次。
這次我們終於可以準時。

Perfect Strangers

常常我們到餐廳或咖啡館，會看到這樣的一對情侶。他們點了餐，提醒服務生用餐細節後，就各自掉到自己的兔子洞裡。

他們之間保持著一種優雅，用餐時的咀嚼是他們能夠發出最類似人聲的發音。沒有交談，眼神不再對望，縱使偶然看見了對方也沒有交集。

有時他們會因看到手機上的同一則趣聞而發笑，然而，就連這樣的發笑也是很個人的，一點也沒有要和人分享的意思。

他們是怎麼走到這一步的？

也許他還記得，同一家餐廳，很久很久以前，他是怎麼牽她的手，在黃昏的邊石上，踩著早落的楓葉迤邐著他們青春的日常。路有點遠但沒有關係。走久一點，握著的手心會更熱。走久一點，風景不會跑走。世間此刻的風景都是他們的。

也許她也還記得，一起走路的時候，她會哼著一些廣播上學來的曲調。她是音樂班高材生，主修小提琴。曾經她以為拉威爾那些浪漫幽微的曲子就足夠她一生使用了，但讓她心蕩神馳的，卻總是那些她也能哼給他聽的芭樂流行樂。那是不用百萬名琴，只靠心弦一緊，情弓深深地擁抱，就能哼出世上最美的聲音。

他們已經很久沒去那家餐廳了。事實上，他們連一起用餐的時刻，看見的風景也不是自己的。

他們只是例常地要過這個結婚紀念日，一如他們例常地刷牙，發動引擎，週三記得倒一整個禮拜的垃圾，週五例常地做愛。只是做愛。只是儀式。只是日常點點滴滴，必要如此，必須如此的，存在又不在。

他們沒有刻意要選這間餐廳。只是既然要吃飯，剛好回家的路上這家還開著。

他們的愛原本剛好夠對方用的。如今，剛好我有空，就吃飯吧，反正也沒人約我。

剛好第一間餐廳有開，就別費心思繞遠路。剛好茄汁燉飯是最便宜的。剛好你一定不會有什麼意見。剛好我不需要你的意見。

剛好什麼話都不說是最好的。剛好安靜是最好的用餐音樂。

如此剛好。再也不可能有爭吵或分歧。

如此優雅。在別人眼中，他們是最完美的戀人。

The Dark Side of the Moon

見著你的人，每次都說你是文青。我發現那很殘忍。
喜歡柏格曼不代表能處理生命中的婚姻場景。
寂寞的時候聽快樂分隊《未知的喜悅》除了看起來有點酷之外，其實一點也喜悅不起來。
關於你的一切，其實都是未知。
他們只是喜歡在自己的眼睛裡看見你。
看見你剛剛好憂鬱，剛剛好 Jim Morrison。
剛剛好成為他們不那麼剛剛好的那一半。

只有你才知道自己的《月之暗面》，剛剛好是被日光拒絕得很好的那一半。

那一半的你很誠實。看到 Netflix 串流的《AV 帝王》，覺得當文青不如好好當個有用的男人。

女人喜歡的男人。男人喜歡的男人。

我喜歡的男人。

後來你連自己也不想當了。

他們去找你的時候，滿牆的獨立樂團 EP 都是深邃的黑洞，看起來像是剛埋了許多黑貓的恐怖公寓。

你咧嘴，似笑非笑，他們終於覺得殘忍。

我覺得好文青。

甜蜜的珍

聰明的女孩不喜歡你說她聰明。

聰明的女孩喜歡跟你一起做那些看起來不怎麼聰明的事。像是陪你去吃午夜的大排檔，週六下午在自己都沒什麼興趣的球賽裡，假裝習以為常的高潮。

聰明的女孩知道怎樣讓你看起來沒那樣笨。

聰明的女孩不和你聊德希達，也不關切一個人以外的事。

聰明的女孩讓你以為世界寂靜得沒有戰爭，是你帶來了安全。

聰明的女孩不向她的姐妹淘講遇見你之前的事。聰明的女孩知道她不是你的第一

個，但讓你以為她心裡從來只有你一個。

聰明的女孩讓你以為她喜歡高達勝於楚浮。她讓你以為她就是高達景框裡的樣板女孩。

聰明的女孩三餐都正常，天天吃蘋果，不看醫生。聰明的女孩知道自己不能病到要靠你才能痊癒。

聰明的女孩連自己的抗憂鬱丸都小心翼翼地放在你並不在乎的瓶子裡。你從來不知道她已經看同一個心理師十年。

聰明的女孩把自己的一切隱藏得很好。

聰明的女孩今天和你一起過生日，她知道你又忘掉今天是她二十八歲生日，也是你們在一起的週年紀念日。

但聰明的女孩還記得她十八歲第一次和你牽手的感覺。你左手拉起她的右手，往廣場音樂傳來的方向走去，樂團正在演奏地下絲絨〈甜蜜的珍〉。

看過去，就好像世上所有人都在跳舞。沒有人會心碎。

那是你們決定在一起的第一天。

最初的起點

女孩的來電答鈴常常在變。

第一次在火車上遇見她，擁擠的人潮裡，她沒有位子可以坐。一手拉著吊環，一手拿著小說，掉入自己的世界，好像火車再怎麼顛簸，她總為自己的心靈預備好座位。

我也沒有位子坐，我也為自己的心靈找到安坐的可能。我在看她。此刻，世界與我無關。

她在看吳爾芙《自己的房間》。我鼓起勇氣，向前搭訕。

我用手機偷偷先查了吳爾芙的生平，背好《燈塔行》以及《戴洛維夫人》的故事

大綱。我假裝可以不在意那些看不懂的文字敘述。我以為意識流像水，你所要做的僅是一連串的說，不辯證也不反駁，就只是不斷地說，讓言語不斷地流動。

我向女孩說了。但很明顯地，從我這頭流動出去的，是一灘死水。

我肯定把什麼故事情節兜錯了。女孩一點反應也沒有。

火車很吵，來電的鈴聲，我沒有聽見。她卻看見我的手機螢幕亮了。她看見我谷歌停留的那頁：維基百科，維吉妮亞・吳爾芙之作品選。

我被抓包。如果這時火車上有什麼「自己的洞」，我一定馬上鑽進去。

女孩把我從洞裡拉出來。「你說你叫阿熊是吧？你剛剛說的，我聽不太懂，但好像很有趣。」

我冒冷汗，但我十分感激她裝傻，沒發現我把妹的徒勞。

「我剛剛聽見你手機響了，那音樂我好像聽過，我出神了，真是不好意思。想了一會，才聽出來，是陳綺貞〈旅行的意義〉。以前我好愛她喔，後來不知道為什麼就少聽了。剛剛忽然聽見，心揪了一下，好像所有回憶都湧上心頭了。」

女孩開始跟我聊起陳綺貞。我慢慢爬出洞外。

女孩開始跟我聊她的青春，她那些吶喊的渴望。

曾經，有人邀她一起去遠方找尋宇宙的邊界。她依約到了，他卻沒有出現。那晚，她什麼都沒看見，感覺自己被很小的點吸了過去，全身失去重量。後來她才知道，她已到了宇宙最遠的地方，什麼都看不見，只因自己早就在那：一個感情的黑洞。

從那天起，她愛上陳綺貞〈旅行的意義〉。在心中揮送那個提早告別的人，她要為自己播〈華麗的冒險〉。

她讀《自己的房間》已經很多次了。她要在自己的房間，保護自己的心，不那麼快被找到。

我遇見女孩的這一天，她已經放棄愛情的可能。對她來說，就只是「靜靜的生活」也很好。她恍神了，沒有聽見我那些半生不熟的搭訕詞，卻聽見我的來電鈴聲。

從那一天起，我們一起讀吳爾芙，在自己的房間，聽我們曾經喜歡過的那些歌手和樂團。我們講故事給對方聽，聽了哪些歌，就調皮地把對方的來電答鈴改成那首青春裡的曲子。

我很安心，每次打給她，在接通前，黑暗中響起的音樂，是我們上次曾經交換過的愛情密碼。沒有人知道，但我總喜歡她故意延遲幾秒。幾秒後，她才接起，告訴

我，她也一樣想我。

在那幾秒，我把音量放大幾格，在心中玩起小小的遊戲：究竟在哪一秒，和弦才會被她的應答聲中斷？

今早打給她，音樂卻不是上次的林憶蓮〈我心仍在〉。也不是上上一次的順子〈回家〉。

將音樂調到最大聲，想把愛聽得更清楚。那是陳綺貞的〈最初的起點〉，你們相遇專輯的最後一首。

讓手機響了又響，音樂並沒有跳回專輯的第一首，〈旅行的意義〉。

來電答鈴還是那一首。〈最初的起點〉。

從這一刻起，她不會再接起電話了。

這才明白，你們之間，故事最初的起點，就是終點。

顫慄

離別的時候，男孩給了她一卷鬼音樂，充滿柔情地對她說，我不在的時候，鬼月想我特別難過，就放這卷錄音帶。

古典樂的錄音帶裡收錄了滿滿鬧鬼的片段。它們是聖桑的《骷髏之舞》、穆索斯基的《荒山之夜》和導演庫柏力克在電影《鬼店》所借用的白遼士《幻想交響曲》。

女孩從鬼月初一就開始聽這些曲子，卻更加寂寞了。

愛人不在的地方，都是遠方。

愛人不在的時候，自己比什麼時候都像鬼。說得更確切些，連自己都羨慕鬼。

鬼不知道自己是鬼，因而流連忘返陽世，不肯超渡。自己知道自己不像人了，卻

也無法真的變成鬼，連超渡都不是一個選項。

思念就是這麼一回事，人不像人，鬼不像鬼。

只有真的見到了對方，人鬼之分，才真正劃出界線。

而男孩還沒有回來。

女孩覺得比起聽這些鬼音樂，她更需要的是超渡自己那些夜裡難纏的寂寞。她不好意思告訴那個離開的人，自己已開始厭倦那卷鬧鬼的帶子。

她也不好意思說，另一個男孩給她的麥可．傑克森〈顫慄〉更令她在鬼月心動。

另一個男孩帶他去MTV看麥可．傑克森〈顫慄〉的MTV。看著銀幕上那些活屍既生不生，既死不死，她流下一顆眼淚。

她就是那些活屍，為愛勉強活著。

另一個男孩對她很好。另一個男孩想帶走她所有的顫慄。

女孩不知道怎麼辦。夾在愛情與可能的遺忘間，女孩感到滿滿的顫慄。

她在夜裡狂 call 他。她和離開的男孩用的是同一組 BB Call 號碼。

離開的男孩在金門，那裡幾乎沒有訊號。那裡的海很深，夜很黑。偶然的來電，他不確定那是多久以前發出的訊號。

他不確定，女孩是否還在音樂聲中等他。
小島很黑，浮動的海隱藏些什麼。
他感到滿滿的顫慄。

今夜站崗，BB Call 閃過三次呼喚。
營上所有的人都安睡了。無人知曉的冬夜，他冒險撥了回去。
電話接通了。

女孩已不在那邊。
女孩什麼顫慄都沒有了。
他荒蕪的心，開始鬧鬼。

輯二 ▬ 愛是一陣無望的春風

黎明和張曼玉的偉大合作經典《甜蜜蜜》以鄧麗君的黑膠做為愛情的聽覺線索。時光不斷流轉，他們的愛情不斷在異地，在香港，復又在人海飄飄的寂寞美國夢裡遇見試探，忘不了的還是心中的一曲〈甜蜜蜜〉。

而普魯斯特的鉅作《追憶似水年華》幾乎就是這樣開展而來：為了記憶中的一塊小瑪德琳蛋糕，他把味覺的鄉愁像攪動麵粉一般，混入生命的內裡皺褶，讓它在底層裡慢慢發酵，等待復活。

生命裡總有那麼一兩首歌，在孤獨的夜，從老式的廣播傳來，即便你從來沒聽過，也不懂那陌生語言講述的到底是怎樣的歌詞。但你無比確定，身體裡有什麼東西被輕輕觸碰了一下，然後，你再也不會和前一刻的自己相同。

其實那些小事我們都沒忘。

這是我第一次愛上你

鎮上那間老書局已經很久沒去了。

小時候放學沒地方去，下了課總往復興書局跑。書局是所有小孩最狂野的熱帶幻夢，彼時沒有小七等連鎖便利商店林立，書局提供了所有想像不到的歡樂。

書局其實很少賣書，至少不是什麼嚴肅的文學小說或詩歌，卻賣了不少「尪仔標」、「吸吸樂」、「彈珠」、「大富翁」、「遊戲卡」等諸多有趣物事。

因為太有趣了，多元化經營的書局，常常成為初戀發生的地方。

第一次在書架上層最高的地方，看見用膠膜包住的刊物，你只是走過，沒有注意。

有一天，當你長得夠高了，瞥見封面是肉色的肌膚和海灘上的太陽，你忽然覺得冬

日裡的書局竟也暖和了起來。

第一次發現世上有賣十元一張的明星酷卡，成為你夢裡追星的濫觴。少女們喜歡買劉德華的照片，在背面空白處幻想有朝一日能夠親自讓劉德華簽名。日子久了，她們知道劉德華不太可能真正出現。這時，她們會讓自己心儀的對象簽名。不過這層心思隱晦得很，少女情懷總是詩，有些事說得太透明就失去美感。她們不會直接請你在照片上簽名，但生日那天，班上同學送的禮物那麼多，她對你說，「怕搞不清楚是誰送的，請你用名字做個記號。」很久以後你才發現，你是她唯一用記號標註的。她不想忘記你的禮物，更不想忘了你。

還有第一次，在書局的角落，看見B版卡帶。

一般正常的音樂行，你幾乎很少有勇氣進去。一個禮拜的零用錢才那麼多，彼時一張正版卡帶多在百元之譜，你根本無福消受。直到你在書局發現有所謂B版卡帶，價格低廉，是從正版卡帶轉拷過來的，音質照理說較差，但反正你的隨身聽也不是什麼名門大廠，省下的錢足以讓你多買一整盒的空白帶。

空白帶是永不褪流行的青春記事。小陳有Chris de Burgh的《十字軍》，但你沒有，怎麼辦？用自己的肯尼．羅傑斯精選和他交換幾天，再用空白帶錄下你借來的《十字軍》。

當卡帶累積得夠多，還可以用空白帶混製自己最喜歡的選曲。有些人用日記書寫人生，你則用卡帶轉錄自己的心情故事。

某次聖誕節交換禮物，你們選擇用混音帶交換彼此的人生，卻不知有些東西給得太過容易，自己沒留下副本，想追回時已經全身是傷。

遊戲規則是，不能署名，不可以洩漏個人資訊，但可以告白，也可以告別。因為不知道誰會收到自己的帶子，只能用真心轉錄。你知道她很可能就那麼碰巧地聽見你喜歡的音樂，你不求她喜歡，只要她能夠聽見就好了。聽見才是最重要的事。

事實上，你已經和所有人串通好。

你答應他們，幫每一個人轉錄最好聽的專輯各三卡。他們則保證自己送出的那一卡，會是你愛情的混音帶。換言之，她不可能沒聽見你隱藏在所有杜比降噪後的，依舊濃烈的情感密碼。

聖誕夜過後的週一早上，她見著你了，卻什麼也沒說。她的表情，看不出來是否喜歡，也看不出來，到底有沒有聽。

你們之間原本連結得好好的那一條隱形磁帶，卻開始不斷掉粉。

很久的後來，你在復興書局看到用過的二手卡帶，裡頭全是你曾徹夜不眠，為她精心挑選的轉錄。

你找回了自己，卻買不回昨天。

昨天的卡帶交換，阿洋收到了她的混音帶。阿洋卻沒跟你說，整張卡帶全是未使用的空白帶。

空白的人生，表明的是，她邀人一起譜下青春的曲子。可惜那人不是你。

後來，小洋畢業後沒有繼續就學，打拚了好幾年，回鄉把快倒閉的復興書局頂了下來。今晚你帶小孩去書局買明天上課要用的色紙和彩色筆，她在結帳的櫃檯一眼就看見了你。

她驚訝你以為那些你轉錄給她的卡帶是要賣的。

你不知道，那是她僅剩的美好回憶。她每天都在播，播到磁粉掉光光。異音不斷的轆轆聲中，她趁著小洋不在，偷偷贖回那些歲月裡，還在輕聲為她唱的那些情歌，和愛的名字。

你的名字。

你沒有問她當時為什麼選了小洋，也沒有問她這幾年過得好不好。不用再問，你已經知道故事的終局。

那些沒有被丟掉的卡帶，已經唱出了答案。

失真的音樂，藏著時光的解藥。

布拉姆斯大提琴奏鳴曲

我和尹先生已經很久沒見面了。

每次見面，我們總是有禮貌地交換一個眼神，我便在滿植天堂鳥的小道裡，坐進他的車。很老很不起眼的 Sentra。夠低調才能不引人注意，好在午後緩緩駛進那間離家最遠的旅館。

尹先生是那種老派拘謹的男人。

我喜歡他那樣不疾不徐的溫柔。當他緩緩進入我的身體，我覺得自己像是一把非常古老的樂器，被歷史的餘味解讀而發出愛的呢喃。那是亞當第一次看見夏娃時，用全世界的力量告訴她，「妳好美。」

「妳好美。」每次午後做愛，尹先生一定這樣對我說。

他說這句話時，是那樣的真心。

/

尹先生很有錢，非常非常有錢。開老 Sentra 只是我們愛的偽裝。事實上，我們的旅館套房是他花錢買下來的，除了我們之外，沒人可以進入。

尹先生在房間裡只簡單陳設幾個必要家具。有一個 mini bar、一整櫃的書（他知道我做愛後總是捨不得睡著，故意留下整排的詩集，讓我可以就近挨著他的身體，慢慢咀嚼），和老邊櫃上 Braun 的黑膠唱盤。

每次當我們做愛，他總是小心翼翼地舉起唱臂。這次，毫不意外地，他挑了杜普蕾和巴倫波因演奏的《布拉姆斯：大提琴奏鳴曲》來放。

「妳好美。」他再次這麼說，然後告訴我布拉姆斯和克拉拉的故事。

尹先生沒有布拉姆斯的大鬍子，但他裸身時厚重的胸毛，有種原始的氣味和欲望

在燃燒。他說故事的時候，胸毛會隨著呼吸起伏，像是和大提琴與鋼琴如泣如訴的聲線，一起富有節奏地律動著。我發現那樣實在性感極了。

「妳一定知道，布拉姆斯遇見克拉拉後，因為尊重舒曼，無法將滿腔的仰慕之情傾訴，只好化為音樂。許多我們現在認為最偉大的布氏作品，背後都是這樣憂鬱的昇華。或者，說得更精確些，與其說是布拉姆斯寫給克拉拉的情書，不如說是寫給自己的悲傷處方箋。」

我從來沒有聽別人這樣說過，布拉姆斯的作品是自我救贖的嘗試。多少人一廂情願地，只把他的音樂當作愛的傾訴。

「許多愛的故事都有個悲傷的間奏曲。」他繼續說，「歷來這兩首大提琴奏鳴曲，我最愛的就是杜普蕾和巴倫波因的演奏版本。當年兩人正年輕，號稱古典界的金童玉女。雙方濃情的愛意，很能把布拉姆斯的情書觀表達得曖曖有致。」

「那你說的另一種觀點，寫給自己心靈的處方箋，他們有表現出來嗎？」我問他。

「沒有。當年的他們，只有相濡以沫的愛意。」

他繼續把這個故事說完。

「據說杜普蕾病床上彌留時，三天裡要求聽的，正是這首她和巴倫波因演奏的布氏作品。三天三夜聽不下數百次，心中只盼巴倫波因能夠回心轉意來看她。直到彌留的最後一個小時，她突然流下眼淚，說：『喔！喔！他不會回來了，他再也不可能回來了！我當時不應該那樣演奏的啊！』」

「妳知道杜普蕾為什麼這麼說嗎？」尹先生突然這麼問。

「我不知道。」我說。心中有些不安，好像在抵抗著故事的結尾。

「據一個和杜巴家族很友好的重要人士私下透露，迴光返照之際，杜普蕾已看透他們之間愛的幻滅。雖然曾經非常美好，但她心中非常後悔那樣愛過。

「可以說，杜普蕾至死前，對自己的愛是充滿懷疑的。與其說她是受多發性關節病變折磨而死，不如說她是無愛而死。像電影《血觀音》那血肉模糊的台詞：世上最可怕的不是眼前的刑罰，是無愛的未來。

「我們播放的這張黑膠，是那個和杜巴兩人友好的人士私下所擁有。事實上，也就是杜普蕾臨終前不斷聽的那張。他和我父親感情很好，告訴我父親這個故事後，親手給他這張專輯。

「那位神祕人士，自始至終都愛著我父親卻未能說出口。那樣的同性之戀，在當時怎能啟齒，只好送給我父親這張信物，和這一個無人知曉的故事，藉以告訴我父

親，至少臨終前，我父親不像巴倫波因，是緊緊守候在他身旁的。

「這兩首曲子，恰如其分地，竟成了寫給自己憂傷的處方箋：原來，愛不到對方，透過無語的音符，卻更能感知彼此的心。至少，那位友人是緊握著未被說出口的愛，無所遺憾地離開人世的。這不正是布拉姆斯嗎？他未曾表達的愛意，都在音樂的深處了。」

/

尹先生從來沒有告訴我，他愛我。雖然他總是溫柔地褪下我的內衣，一邊驚嘆，一邊老派而溫柔地說，「妳好美。」

在我們做愛的那些美麗時刻，一片快被唱壞的黑膠，和轉生了兩個世代的故事，不斷地在我們互相呼吸的空間裡，提醒我，他曾經這樣愛過我。

我和尹先生已經很久沒見面了，但他的愛必定是真的。

「一定要是真的啊。」今夜的我，獨自聽著這張黑膠，在止不住的眼淚裡，不斷這樣說服自己。

もう一度逢いたい

我們是怎樣變成現在的自己的？

計畫了好久，今天下午終於和你約成喝杯咖啡，卻覺得咖啡愈喝愈苦，比此際外面的苦雨還冰。

我們是什麼時候愈走愈遠的？很久之前，我們在一部午夜電影散場時說再見。當你揮手時，就好像明天一定會再來一樣。

你不愛電影了。事實上，你已經很久沒有好好看過一場電影，在真實的戲院裡流下一滴真實的淚。

你還流淚嗎？為那些不眠的夜，和八代亞紀演歌中那些載不動的許多愁。

你說你的年紀聽八代亞紀相當反直覺，只因為她長得像你姑姑。

你的姑姑因為不顧一切為愛私奔，很早就被你家的男人們拒斥在外。很久以前，她給你一整組最貴的「尪仔標」不見了。你只記得她長得像八代亞紀，那是一張阿公晚上躲在自己榻榻米偷偷播放的黑膠，高頻因為播放太多次，早就磨損不堪，音高變得極為不正常。但阿公還是一直聽。

阿公以為隔著厚牆，沒人聽見午夜傳來的八代亞紀。但你知道那不是八代亞紀，那扭曲的聲線，播放的都是阿公低掩的啜泣和眼淚。

我把淚收好了，抹上八代亞紀誇張的濃妝來見你。

你卻認不出我了。

如果我們現在才第一次相遇，還會是朋友嗎？

鋼琴師與她的情人

每週五晚上八點，是我主持廣播「音樂擂台賽」的熱門時段。

每週五，都是我最期待的日子。

平常播播沒人要聽的古典樂曲目，講講連自己都感到無聊的作曲家生平小事。十年了，我已覺得非常厭倦。

不是每個人都有興趣知道布拉姆斯第一次看見克拉拉，嘴巴不小心流出來的咖啡是產於南美哪座山脈。沒有人想了解，馬勒和佛洛伊德之間的愛恨情仇。但如果你願意，你若小心翼翼地渴求，我會俯讀那些私人沙發上，幽微的精神診斷給你聽。

但不會在週五晚上。週五晚上，我要全心準備「音樂擂台賽」這個節目。

週五晚上，我知道他會出現。在空中出現，以他迷人有磁性的嗓音，一個字一個字地清楚發音，擊退所有參賽者，說出事物的真名，拼出那些幽澀曲目的樣貌。

他究竟是怎麼辦到的？

他真的知道那麼多音樂曲目的名字？

一開始，我是討厭這個聲音。他一定有作弊，利用 Soundhound 之類的聽聲辨音軟體來迅速搶答。

或許他根本就是一台電腦。

後來我信服了，當他說出這些曲目的錄音年代和版本時，我知道沒有一台電腦辨得到。因為這些曲目是我以黑膠在家裡一軌一軌慢慢轉成數位檔案的。它那特有的炒豆聲也將是聲紋紀錄的一部分，軟體沒那麼聰明，它只會找到資料庫最相符之對應曲目。

換句話說，轉錄的黑膠檔案取得了我個人風格的全新寫入。要能搶答成功，除了資料庫要完全對應到這些曲目之外，還得辨認出屬於我個人特有的聽覺儀式和癖好。

有些小曲，我用細如髮絲的MC唱頭播放。有些心事，我用陳年卡垢的唱頭隱藏得很好。

他不可能聽得出來。

他不可能破解我那些祕藏的黑膠密碼。

這就是為什麼我今晚特別失落的原因。「音樂擂台賽」開播兩年以來，今晚第一次，他沒有 call in 進來。

他在做什麼？線路不通嗎？我問了主控室，所有線路都正常順暢。

今晚的曲目太冷門，他終於被打倒了嗎？不可能啊。這是一個你一播，他就知道是《李斯特：詩與宗教的和諧》的高手啊。

以迷人的喉音，他會繼續說，played by Sviatoslav Richter。他發李希特的名字，好像能夠融化全俄羅斯的冰冷。他的心靈肯定比 Richter 還 rich 還富有，因為他曾經聽懂，我那些無比憂傷的轉錄。

每份轉錄都是孤獨的複寫本，也是唯一的孤本。

他怎麼了？他在和喜歡的人聽他們喜歡的歌嗎？

他為什麼不 call in 進來？在這個我焦急等待想 call out，卻沒有出口的週五晚上。

他終於答不出來了嗎？我轉錄了太多想告訴他的祕密嗎？

他一定有打開廣播聽這首曲目：我獻給他的薩提《乾涸的胚胎》。

他一定知道，我想要他，像一條快死的魚，渴望被大海充滿。

為什麼他已讀不回？

當晚的節目到十點鐘，沒有一個聽眾猜得出來。一兩隻誤闖森林的小兔子聽得出是薩提，然後興沖沖地說是《吉諾佩第》。他們的腦袋只記得那首無聊的希臘裸舞，和那些更無聊的咖啡文青廣告。

就在節目結束前的三分鐘，有通電話被接通了。沒有人發出聲音。沒有答案，缺乏線索，主控台不知道該怎麼辦。

要掛斷嗎？真要讓節目如此尷尬地在安息聲中結束？

突然，有什麼奇怪的噪音從電話那頭傳來。

一開始很模糊，然後愈來愈大聲。那是唱頭針尖和唱片接觸的炒豆聲。

啵啵啵。

啊，我懂了，有人在那頭放黑膠哪！

正當主控台以為這是可怕的恐怖電台殺人事件，就要當機立斷切掉電話，我已經聽見，這首曲子全然的溫柔與甜蜜。

就在那一秒，我按下 hold on 鍵，強行對系統寫入最高指令。

不能停，音樂不能停。

那是一首充滿水之意象的曲子，恰好灌溉了我此刻的荒蕪。

那是麥可．尼曼為電影《鋼琴師與她的情人》所寫的〈The Heart Asks Pleasure First〉，在愛裡恐懼失足，在恐懼裡泅泳。荷莉．杭特所飾演的瘖啞鋼琴師從海上來，她的憂傷是無法言語的欲望迴流，在大海裡找不到回家的方向。

我聽到了，我已經聽見，電話那頭有人如此急切地回應我的心。

當我以類比的電波傳送著薩提的曲子，我用愛隱藏得很好。薩提是我的編碼，乾涸是我的SOS。然而，他不說，也不直接拼出愛的真名。像詩人夐虹曾經說過的，「關切是問／而有時／關切是不問」。

不問是一種終極而老派的溫柔，給了對方得以迴身的優雅，像是知道你過得不好，但知道問了你只會更加閉鎖你的心，以更多的謊言來掩蓋你過得並不好的事實。像是知道你已經要墜落了，什麼話都不用再說，只需遠遠地守候。所以不問，所以錯過，所以給你結痂前的所有必要等待，再讓你自己決定要不要好起來。

他知道我還在深海的黑洞裡，不給光。給了光就會把未成形的胚胎破壞，給了光就會照瞎幾乎盲眼的心。

他以寂寞換取我的寂寞，知道悲傷的解藥可能只有悲傷。

一曲換一曲，不語的電波在空中來回反射著。這是他慎重緘默的，愛的發聲練習。

/

音樂擂台賽結束的前一分鐘，我向聽眾歉然宣布，有始以來，本夜節目比賽沒有得主。電台臉書專頁馬上湧入幾百則不按讚按驚訝的臉，伴隨著更多的人回應：今晚的題目真的很難，主持人一定很得意，把大家都考倒了。還有人回應最後一首 call in 進來的鋼琴曲，好聽雖好聽，卻讓人十分迷惘。

也許除了他之外，沒有人知道，我並不得意。

在愛之前的所有考題，都只能用真心來回答。真心從不使人迷惘。真心是通往家的唯一道路。

這一題，他高分過關。

我們在愛中結束這一回。

寶貝

國中的時候，第一次收到隔壁班女孩的告白信。你印象很清楚，信是這麼寫的：

「你功課很好。你坐在207班窗戶邊看雲的時候，我在想怎可能有人每天看雲不看黑板，功課還那麼好。」

其實這不是告白信。至少不是那種一開始大聲宣告「沒你活不下去」的奇怪書函。是含蓄的，是溫柔的，是對方暗示她注意你已經很久了。在你每一次出神放空的時候，都有一雙更遠也更近的雙眼在看著你。

青春期的男孩，如何能不更溫柔地回應這樣的關注？

那是生平第一次，你知道雲的流動是可以違反地心引力的。

當然你們很快就牽起手來。搭同一班公車上下學。在沒人注意的時候，夏天的冰果室裡，你們再也不想分清誰用誰舔過的湯勺，把切塊的芒果舀起放進嘴巴。那是你第一次嘗試肉體外，一種柏拉圖式的「體液交換」。然而你們從來沒有接吻過。你們老派的「發乎情，止於禮」愛情方式，如今已無人能信。

每次當你注視她的眼睛時，她都非常感動。

每個禮拜你帶她去 The Wall 聽音樂的時候，問她聽什麼團，她總是說都可以。

每個月她經期來很不舒服的時候，她忍受極度的不適和你出去玩。

你不知道那些冰，讓她身體的血在吞下的瞬間完全凝結。

因此她不願意跟你接吻。她不要你們的美好第一次就這樣毀了。她不要你覺得她的身體，冰冷得像條沒有感覺的死魚。

你不知道她從來不愛聽音樂，但她知道你愛。她不知道你愛上她，是否只是因為她的側臉長得像張懸。

第一次在空氣裡聽你驚呼「寶貝」的時候，她多希望你叫的不是那首歌。不只是那首歌。

你不知道她有個搞地下獨立樂團的爸爸，從來不在家。而他最喜歡的音樂是電影《絲絨金礦》那些誇張的華麗搖滾。

音樂謀殺了她的所有童年回憶，以華麗而誇張的方式。

/

她已經把能給的都給你了，你卻愈來愈不耐煩。

你開始嫌女孩靠得太近，一點空間都沒有。

你們開始不吃冰，也很少一起聽唱片。

城牆在你們之間愈來愈高，她的經期愈來愈不正常。

後來，你們連一起看雲的方向都不一樣。

Hosono House

房子裂開的時候，是沒有聲音的。心也是。

女孩買下這棟中古屋的時候，是在去年夏天。合宜的價格，合宜的微風，一點點的朝日暮光，送走那位剛離開，合宜之人的身影。

女孩不知道中古屋是投資客拉皮後的贗品，三分真裡有七分假。她不知道，房仲和投資客早串通好了，要用一堆美麗的話術，準備坑殺她。

第一次走進這間房子裡，美麗的北歐邊櫃旁有一盆美麗的龜背芋。邊櫃上放了一組馬蘭士的真空管音響，喇叭流瀉出來的是更美麗的音樂。

她心動了。

這一幅美麗的景象，她要永遠放在心上。不，還得付諸行動，把它買下來，和男孩一起享受那盆龜背芋吐出的芬多精和馬蘭士音樂。

她記得那張專輯是細野晴臣的《Hosono House》，和男孩來的地方一樣。

男孩來的地方，充滿爽朗乾燥的空氣粒子。

在音樂聲中，他們抽著身體做愛。

夜裡身體終於不支倒在床上時，男孩說了一句溫柔話：

「終於找著妳了。值得了。」

她從來沒有聽過任何人這樣說。她感到整棟房子都在微微地搖晃。

男孩說他要到窗台抽一根菸，要她等等，一會兒就進門。

她在迷糊的愉悅感中沉沉地睡去，甚至忘了回答。

男孩沒有回來。

然後有一片瓦礫開始粉碎。

接著是埋在牆裡的一條舊水管。地板下的電線外皮逐漸鬆動。

這些她都還不知道，一如她不知道，找到是否更利於遺忘。

半夜她醒來，男孩已經不見。

只剩馬蘭士擴大機幽幽的藍色微光，從此刻的廢墟裡慢慢透出。

酒醉的探戈

有人從門縫塞來一卷卡帶，說寂寞的時候，請你好好播放。
我馬上就放了。住在牢房裡，分秒我都寂寞。
但我無法真的播放。這間單人監獄裡，僅有的一面鐵窗，只容得淡淡的日光通過。
即便我想花錢，動用一點關係請人在夜裡偷渡一部卡座，所有拆解的零件再小，也過不了這些堅固的鋼條。
手裡拿著卡帶，什麼事都做不了，我只好在心中播放自己的歌。

/

我是個渾人，從小到大最愛的是鄧麗君。影響我最深的，不是〈甜蜜蜜〉，也不是〈我只在乎你〉，是〈酒醉的探戈〉。

小時候，那個男人每次都在酒醉時和媽媽跳探戈。他要她好好跳給他看。他不要跳，他所有的舞都在外面和女人跳完了。他要他的「合法妻子」一直跳，只為了證明自己可以這麼做。這是他喝醉卻十分清醒的恨意。

他恨這個女人。他恨自己早就不愛了，卻沒有勇氣離開。

他恨這個女人明知道自己不愛了，卻還痴心地不肯放手。不肯放手，也不肯減緩腳步。這個女人，只要他要求，永遠會這樣為他跳下去。一個人的探戈，一整個世界的恨。

我也恨自己為什麼沒有作為。我知道這裡就要瓦解了，屎尿和烈酒就要降落，但我仍然什麼都沒有做。

我只是偷了那個男人的唱片，悄悄從後門走出。

我把唱片扯得粉碎，尖銳的邊緣我拿來刺右耳。心中告訴自己，我再也不要聽〈酒醉的探戈〉。

沿著路上一整排唱片行走，我知道我已無家可歸。夜很深，人們都睡了，我撿起路上的小石子，把唱片行牆上的鄧麗君海報，輪著全打過一遍。

後來我遇到一個女孩，她長得很像鄧麗君。

我說，我悶。來，喝酒來。妳陪我喝酒，但不要唱歌給我聽。妳唱了，我會恨妳一輩子。妳不唱，願意陪著我，我什麼都會為妳做。

長得很像鄧麗君的女孩，果真什麼都沒有唱。甚至我生日時，她只陪我喝酒，吃慘澹的小小雞蛋糕，連生日快樂歌都沒有唱。

但她肯定很會唱歌。

否則她駐唱的舞廳不會天天滿座。否則我不會常常需要幫她料理那些來店裡鬧事的傢伙。他們肯定都是為她而來的。

女孩什麼都沒有唱。她嘴唇方才還在動的，見我來了，麥克風就死了。沒有一個客人敢說一句話。

有一天，長得像鄧麗君的女孩說現在沒人聽她那樣的歌了，所有的舞廳都要收

了，她也要走了。她不能只靠我活下去。

為什麼？難道不為別的什麼，就只是在一起還不夠？

我心裡這樣想，但我沒有說。我只是要她陪我喝最後一瓶酒。酒很烈，說不出來的悲傷更濃。隔天醒來，她已經不見。

她在門縫裡留下這卷卡帶，留在我為自己所設的寂寞監獄裡。

她知道我有病，我也知道。但我不知道她知不知道她也有。她一定也有某個地方壞掉，否則怎麼解釋陪我在一起這麼久？

否則否則……

我不知道這卷該死的卡帶是什麼，但肯定不會是鄧麗君。

我從來沒有告訴她關於鄧麗君的事。我也沒有跟她說過，她長得很像鄧麗君。我想她自己也不知道。沒有人這麼覺得。

她是我第一個女孩，也是最後一個。她當然要長得像鄧麗君。

我不知道這卷卡帶是什麼。一定不是鄧麗君。至少，不是〈酒醉的探戈〉。

我發瘋似的突然想找她。

冷冷的街上，所有人都回到他們溫暖的家。街上一整排唱片行，如今只剩一家。牆上的鄧麗君海報，被小石頭砸中的破洞裡，透著店裡的微光。

我走了進去。唱片行老闆沒有認出我來，臉上有洞的鄧麗君也沒有。

我想他們不知道我心裡也有洞。

我應該要惡狠狠的，像我平常對待舞廳的酒客那樣。此時我卻只想好聲好氣地求老闆幫我放這卷卡帶，為了牆上被毀容鄧麗君海報的緣故。

他什麼也沒說，從架上取下一台很久沒使用的卡座，上面的商標是Nakamichi。

電源指示燈亮起。機艙內，卡帶緩緩地轉動。

我不要聽。我不敢聽。

我心慌了。失控的手就要把機器打落。

……。

什麼聲音都沒有出現，卡帶還在不停地轉。

女孩給了我一張空白的錄音帶，對比我空白的人生。

老闆顯得非常失望，我也是。我開始恨起女孩，空白的卡帶無法治療寂寞。她分明在玩我。

沒有音樂的卡帶，背後隱隱約約有什麼人聲，一點點被刻意隱無的美麗人聲。

突然間，我明白一切。

在一起的時候，我愛她，但我要求她不要歌唱。她以為我喜歡的是安靜。

她以為給我空間，我就會好起來。她埋葬自己的歌聲，用愛成全我。

她為我捨棄一切，她甚至可以為我，把自己的青春消磁。

那些被隱無的人聲，就是她消磁自己的證明。

她把自己摺了又摺，壓得很低。她讓出空間，要我好好活下去。她走了，但她沒有真的離開。

她的歌聲還在這裡。

空白的愛，此刻不停地唱。

Yesterday Once More

「欸，明天要交蟯蟲檢查耶。」一下課阿忠就興沖沖地來找我。

身為衛生股長的他，有個遠近馳名的怪癖：他喜歡享受自己的特權。在老師要他收齊小朋友的健康檢查前，他喜歡用各種不衛生的眼神霸凌他們：

「喔，這個尿看起來很黃，一定整天都沒喝水。尿很純啦。」

「這個玻璃紙上的肛門抹片，好像有蟲在動耶！」他喜歡故意嚇那些膽顫心驚的小朋友。

可想而知，阿忠非常不受歡迎。但也因為實在沒人想一個學期常常和糞便尿液為伍，班會票選衛生股長的時候，根本沒有第二個候選人。

阿忠很小的時候，就知道多數暴力是怎麼一回事。

阿忠不聽他們的歌。

阿忠聽 David Bowie，阿忠聽 Prince。阿忠喜歡《洛基恐怖秀》那些變裝只穿內褲的人。

阿忠很小的時候就知道，面對世間偽善的沉默，你得惡狠狠地回瞪一眼。

喔，不，是好幾眼。

幾千眼都無所謂，直到你成為單數的暴力，直到你實證，質數可以不那麼孤獨。

/

阿忠幾乎是一開始就走歪了。

這原也注定他將走上孤狼或結社，這兩條殊途但同歸的路。幸好故事到這裡，明天還沒來。小朋友早上的小屁眼還沒抹上傷感的玻璃紙，阿忠也還沒開始享受他的反擊。

然後明天不會來了。至少對阿忠是如此。

早上點名的時候，老師發現阿忠的位子是空的。第一節如此，第二節如此，到三點小朋友放學回家，阿忠依然沒有出現。

我始終記得那天老師的臉上，有著比全班屎尿還臭的表情。沒了阿忠來處理小野獸們的屎尿，他覺得這一天非常長。

等到阿忠再次出現，他幾乎是一走一拐地進學校。

「你知道嗎？你不要告訴別人喔……其實……我喜歡男生。」

「上個禮拜我沒法來學校，是因為我老爸發現我聽的歌都很奇怪。聽見大衛・鮑伊唱著男不男女不女的〈Ziggy Stardust〉，我爸氣到把我吊起來打，說什麼這麼小就想讓人插屁眼，不如先用皮帶讓我屁股開花算了。其實我聽不懂他在說什麼，等我痛醒過來，我知道我沒法交出滿紙是血的蟯蟲檢查了。我肯定無法在大家面前抬起頭來。」

這是我第一次看阿忠哭，也是我人生哭得最慘的一次。

他的世界下起王子的 Purple Rain，而我還痴心地聽著〈Somewhere Over the Rainbow〉，以為彩虹就在不遠處。

那年我們小六，和阿忠認識已六年了。中間拆班換過老師同學兩次，兩次都沒有拆散我們。

那一天，我終於知道，阿忠不可能愛我。雖然我還不知道初戀是什麼感覺，但大家都說我很漂亮，整個小學六年，我沒有讓別的男生牽過手。

下個月就要畢業了，阿忠那時小屁屁的傷口已經痊癒。但我永遠不會好了。

二十五年後，我終於成為人妻，小孩晚上翻來翻去，難以安眠。

小兒科專家說，趁他們意識沒那麼清醒時，把他們的褲子剝掉，用手電筒去照，會看到一條蟲在肛門口鑽動。

二十五年了，今夜我用光去照。除了阿忠，我什麼也沒看到。

第一次，我強烈地體悟到，自己多麼想成為他體內的那隻蟲。

愛之悲

晚上睡到一半總會被冷氣冷醒。

體溫和室溫相差十度以上，她的身體就會開始發疼。二十七度是她能接受的最低溫，但男人往往把預設的愛情降一度。或是二度。

她醒來的時候，他總是沒有發現。

身體發疼的樣子，讓她感覺連心都是殘破的。情知後半夜大概也是睡不回去了，她也就甘心起身，到房間外的陽台上，寫詩給還沒凋零的花。至於凋零在地上的那些，她則拉起腦海裡的小提琴，用音樂的力量發狂似的葬花。

她忽然想起塞拉耶佛的大提琴家，在戰爭傾圮的巷弄間，在炸彈如雨的那些黑夜

裡，為躲在壕溝和防空洞的人，不顧自身安危地演奏下去。

可惜那些落在地上的花，都無法重生了。
今夜過後，恐怕還有更多的花要掉下來。

可惜她拉得再怎樣深情如訴，房間的人也不會因此發疼。
男人一點感覺也沒有。

愛就是在你的身上留下傷口，相信從傷口會開出新的血肉之花。

/

男人一向用距離武裝自己，好保護自己免於所有可能的傷害。

他們只有在睡著的時候才會真正地交談：以酣熟的打呼聲，和熱帶草原裡的夢話。一次，女人夢見自己是獅子，她不知道男人當晚也夢見自己在草原上奔跑。當她醒來，頭髮掉了好幾千根，像夢裡的雄獅落盡金毛，像細雨灑落在太陽裡。

男人在夢裡奔跑，跑在金色的草原上，那裡沒有雨。
他們連夢裡相遇的草原，都容許些微的錯身。

/

男人也不知道每個晚上，陽台裡都傳來克萊斯勒的《愛之悲》。
他的夢境安詳。永遠安詳。
其實他醒著和睡著時也沒什麼差別。
他會看著她，但他並沒看見她。
陽台的花，又掉了一朵。

戀曲1990

愛人在隔了三十年後，才以聲音的方式和她重逢。
那是一封寄不出的情書，卻沒有字。
愛人不識字。愛人的聲音很好聽。

/

當年，愛人在咖啡廳和她一起喝咖啡。愛人和她一起去跳舞。
愛人和她去看滿坑滿谷的星子，倒映在她的眼睛。

後來愛人去美國找親生爸爸，跋涉千里才發現是騙局一場。爸爸依然不見了。

最後一通電話，愛人說講完就沒錢了，走不出美國，也回不去台灣了。

愛人就這樣消失了。

有時她心想，他還活著嗎？喝著美國坐船來的咖啡，她總以為自己喝到一種不可能的鄉愁，黑色如墨般的離愁。

等了幾年，有人牽她的手，去看滿坑滿谷的星子。他們做愛，但他沒有在她的眼睛看見星子的倒映。他們只是做愛。

結婚二十五年，她沒有和他跳過一支舞。又過了五年，丈夫死了。她流下發酸的淚，心裡卻有一種不可告人、內疚的輕鬆。

這天，她到二手市集，發慌地亂逛。

在發黃的卡帶中，她駐足了很久。老闆看她，覺得說不上來的親切，反正卡帶也沒人要，上百張只要她一個銅板價。

回家後她沒有機器可以播，或說，她以為沒有機器可以播。深櫃裡還藏有一台老磚頭卡式機，又厚又重，早就不轉了。

愛人離開台灣的第一週，那台卡式機就壞了。

連續七天，她天天重複聽著相愛時錄製的聲音。愛人的聲音很好聽，他在空白帶上預錄好給她的信，要她寂寞的時候聽。

最後一通電話結束的時候，她再也無法去聽錄音帶裡，愛人的聲音。

她再也沒碰過那台磚頭機。裡面還放著想念。

今天她裝上兩顆四號電池，想試試自己的運氣。

放出來的聲音很老。連同青春也被放了出來。

這一曲播放的是羅大佑在《愛人同志》裡，知名的〈戀曲1990〉。

轟隆隆的雷雨聲在我的窗前
怎麼也難忘記你離去的轉變
孤單單的身影後寂寥的心情
永遠無怨的是我的雙眼

一九九〇，愛人離開的三十年前，他曾經如此溫柔地放這首曲子給她聽。

原來她沒有忘記。曾經聽過的歌曲永遠烙印著。
她突然覺得充滿希望。
她還期待什麼人，也聽見她此刻心中的音樂。

把悲傷留給自己

和你常去的那家民歌咖啡廳，很久沒去了。今天去見一個並不太想見的人，經過的時候才發現，咖啡廳早就人去樓空。

那個約我在隔一條街的咖啡連鎖店的人，在你離開很久後，此刻還願意張開雙手擁抱我。他長得很好看，談吐大方得體。

我想他可能在等我的時候，還會偷偷寫詩吧。這個男人，既性感，又無比感性。

他請我喝咖啡，會貼心地問我要不要加鮮奶。怕我下班就趕過來肚子是空的，也主動幫我點了一份可頌，分量婉轉得太過剛好，讓所有注意自己體重的女孩都無法拒絕。

出於一種老派的尊重，他甚至沒有問我為什麼遲到了四十分鐘。他肯定知道我帶著某種焦慮來見他的。但他不說破，寬容地讓我自己成為自己。男人知道我心裡有男人，但他不是那個我所焦慮的男人。

我在人去樓空的民歌咖啡廳獨自站了四十分鐘，想起你總是關注那些台上彈吉他的女孩。我就在這裡為你歌唱，你也沒有聽見。

你從來不問我要喝什麼咖啡。很冷的時候，你幫我們點的咖啡，冰塊還是沒有少過一顆。

民歌咖啡廳的咖啡很難喝，餓的時候，也沒有輕食可以加點。有一次我忍不住，露了餡向你頻頻示意，你先是不懂，說你不餓，後來有點不耐煩地要我自己到隔壁超商買關東煮吃。於是我說我不餓了，你開始由煩轉怒，不理解我為什麼一下子說要吃東西，一下子又說不要。

你說女人都很難搞。你只想好好聽音樂。

從此約你喝咖啡，我沒有再提過一次加點輕食的請求。你的朋友都偷偷注意我，說我身材苗條，為愛瘦身成這樣真不容易。

你離開的時候，風中等你的那個女孩看起來也很瘦。她也把所有的厚愛和情歌都給了你，把蒼白和虛弱留給自己嗎？

我一點也不恨她。

我了解她靈魂的渴求，和我並沒有不同。

她此刻咖啡中的苦，縱然加了那麼多糖，卻還是只有她獨自焦灼。

她知道自己不能那麼難搞，加了糖還說苦，加了糖還說不想喝。

後來她什麼飲料也沒點，總是望著糖罐發呆。

通往甜蜜的開口，已經很久沒有打開。

巴哈無伴奏

我和女孩見面的時候，她說不要學樂器，只要聽故事。很多很多的音樂故事。

我們第一次碰面是在我的琴房裡。女孩知道我是拉大提琴的，地上也散亂擺放著一堆大提琴的唱片。她希望我講大提琴的故事，一些透露著陽光、雨和霧的故事。

女孩聽過巴哈，但女孩沒聽過《巴哈：無伴奏大提琴組曲》，至少她是這樣以為的。當我放上第一首，樂音飄起才幾個小節，她馬上就認出來，那是她就讀大學時，圖書館每晚定時播放的晚安曲。

「原來是這首。」女孩領悟了什麼。

我告訴她這份珍貴的曲子，原被遺忘在歷史之中，偶然被卡薩爾斯找到，才得以在上個世紀奇蹟似的復活。

女孩的神情顯得愈來愈有興致，好像她真的喜歡這個故事。

「如果妳來了，聽這樣的故事有所啟發，高興地覺得今天並無白過，並給了我一小時一千兩百元的學費，我會覺得自己很可恥。」

「可恥？」女孩失聲的高音，在一片大提琴的低鳴之中，聽來格外嘹亮。

「因為妳值得聽第二個故事。」我一邊說，一邊放卡薩爾斯受甘迺迪總統邀請，在白宮音樂會的歷史性演出。

聽完ＣＤ的演出後，女孩的興致降到冰點。我一點也不覺得意外。

「生平第一次聽這場演出的ＣＤ時，我也覺得沒什麼稀奇。直到我聽了我老師的黑膠原盤，才恍然大悟。如果可以，妳願不願意和我再重聽一遍？這一次，我們聽黑膠。」

我答應多出來的這一段重聽時間不多收費，女孩只說那不打緊，儘管放就是了。

我緩緩地放下唱針，一切如命定的儀式進行。樂曲結束的幾個小節前，傳來啜泣的聲音。

女孩也清楚地聽到了，她問，為什麼有人在哭泣。

「那是卡薩爾斯演奏的《白鳥之歌》，全曲以他的家鄉加泰隆尼亞的歌謠為基調。因為戰亂的緣故，離開家鄉時他還未成名，如今他在異鄉貴為上客，受邀在白宮音樂會演出，歷史肯定會記上一筆。思鄉的老泰斗，此刻拉著鄉韻，腦海播放的都是兒時情景。那又能怎樣？故鄉是回不去了，他只能作夢或掉淚。我們不知道他午夜夢迴那些愁思的顏色，但透過錄音的回播，我們的的確確聽到有一個人，雖然看不見，卻無比真實地在我們面前，用他的琴唱歌給我們聽。他的啜泣是那樣微弱壓抑，此刻聽來，卻又巨大地敲著我們的耳膜，撼動我們的心。」

女孩淚流滿面。

我知道她聽懂了，於是我說了第三個故事，也是最後一個故事。沒有陽光，沒有雨。而這裡，到處是霧。

我向女孩承認，我不會拉大提琴。

我說，我以前可能是會拉的。但現在，完全忘記了。

我跟女孩說塞拉耶佛大提琴家的故事。在戰火的煙霧中，一個置生死於度外的大提琴家如何支持著音樂的信念，在傾圮的碉堡和塵土掩蓋的巷弄間，不斷演奏撫慰人心的曲子。

「大提琴家沒有死。我去找他的時候，他放的就是卡薩爾斯的這場白宮演出。我想妳可能已經猜到，他是我的老師。和老師相處的時光並不長，找到他之前，我已經是國立交響樂團的首席了。但在老師面前，我折服訝嘆的不是什麼高超的琴藝，而是他那樣悲天憫人的胸襟，那是我怎樣練習也達不到的境界。

「不知不覺中，我漸漸地喪失彈奏的能力，也無法視譜了。老師發覺情況不對時，已經太晚。自認阻礙我前進深化，老師情非得已，只好把我趕走。我們深深擁抱，以為餘生再也看不到彼此。

「臨走前，老師為我演奏一曲《巴哈無伴奏》。老師說，我的技巧非常優異，甚至比他年輕時還好，但從我的琴音，聽不見恨，也聽不見愛。事實上，是什麼感覺都沒有。像是有什麼東西封住了我的內心一樣，而那可能正是我失去演奏能力的根本原因。」

「而今晚妳來了。」我跟女孩繼續說，此時我已幾乎淚不成聲。

「妳來了，妳跟我說，妳不要學琴。妳只想聽故事。起初我覺得妳可能只是什麼被慣懷的千金大小姐，不肯努力，卻想透過清談冥想搞定一切。但隨著我跟妳講的每一個故事，妳都能溫柔地接住它們其中滿載的人生意符，不知怎麼地，好奇妙，我發現我苦練一輩子也達不到的那種力量，慢慢充盈我的全身。

「那即是，我在心裡燃起一種強烈的渴望，想不斷地向別人講一些故事。如同卡薩爾斯透過眼淚講述鄉愁，我的老師曾用琴音向戰火裡的靈魂傳達愛與寬容，我發現我也能說了。

「最重要的是，我想說。我非常想說。說大提琴的故事，說他們的故事。然後，我的故事。」

這是我先生的故事。他人生到此，所有美麗與哀愁。

謝謝你們今天來參加他的告別式，這對一個中年突然銷聲匿跡十年又復出的大提琴家來說，人生下半場的二十七年還能有你們無悔的支持，真是上天最大的賜予與恩典。

他的故事，今天我幫他說完了。

他曾經說，他遇見我的那一天，啞了十年，他終於能夠開始說話，開始對人生有所感覺。他要開始說，用音樂說，用大提琴說。有一天，當他離開，他只有一個願望，那就是，我也要開始說自己的故事。

是的，我就是那個女孩。

我終究沒學會大提琴。卻提早學會了愛。

寵愛

電影《刺激1995》原名為「肖申克的救贖」（*The Shawshank Redemption*），講的是一名冤獄的犯人如何在一方自由的空間，不斷嘗試進行心靈越獄的故事。片中有一個很經典的橋段，主角安迪不顧會被典獄長嚴罰的後果，透過廣播播放《費加洛的婚禮》。那幾乎是本片最令人動容的時刻。

我們曾聽說過音樂如何救贖失落的人生，但悲傷的時候，聽慢歌往往使人更悲傷。那麼，音樂是什麼？

音樂真的能夠替我們超拔一切的苦痛，像電影一樣，此刻有雨，也不替我們張傘，卻告訴我們自己的心就是最好的解藥嗎？

我去找他的時候，他已經老到無法感受音樂的美好。事實上，他最多只有四十歲出頭，卻寂寞地在二十九歲那年選擇和音樂告別。

小疆維修音響已二十幾年。第一次和他約在他家碰面，我完全沒想到這簡直是一部《地下室手記》的現實版。滿滿的骨董音響器材，滿滿的技術刊物，很難想像在這堆外人看了會搖頭的垃圾山之中，藏的是一個這樣年輕的生命。

打從一照面，你就會發現眼前的這個人曾經燃燒過滿滿的愛。不知有多少寒冷的夜，他在那些發熱的真空管之中，尋求信仰的啟示。他知道，這世上再也沒人可能理解他的。

九〇年代，當卡座基本上已被大行其道的CD宣判死刑，他仍痴心地擁抱著類比的溫暖。其他前輩見苗頭不對，紛紛棄船，擁抱數位小圓盤而去。只剩他還孤零零地站在岸邊，不曉得他們是才剛離去，還是就要回來。

其實他心裡是有底的。當他的師父把身邊所有卡座和卡帶，全部低價清空賣給他的時候，他知道世界已經變了。師父心中肯定還有類比的情懷，但形勢比人強，人在江湖不過是混口飯吃而已。已經沒有人要聽卡帶的年代，不鑽研數位的新技術肯定是死路一條。

只是小疆說怎樣也聽不慣CD那樣精確卻冰冷的音樂再生。他知道CD很方便，能夠自由地選曲，沒有什麼保存和讀取的問題。他還記得CD剛出來的那年，飛利浦有個廣告，是在CD上面塗滿美乃滋、番茄醬，乃至所有你可以或不能想像的廚房調味料。然後最驚人的事情發生了，當銀幕上的人從容地把這樣被「加味」的CD放進播放器，竟然還能如帕華洛帝一樣，唱出完美的高音C。

雖然飛利浦後來有出來澄清這只是宣傳的誇大效果，但CD百年不摧的印象早已深植人心。九〇年代的人們普遍相信，CD就是音樂的救世主，沒有可聞的底躁，也沒有嗶嗶啵啵的炒豆聲，零失真的細節重生，好像就在暗示你這樣的事實：播放我，播放我吧，我是如此完美，能夠播放我的人也一定這樣完美。

但他不要。

小疆心裡很清楚，自己是不完美的，甚至連普通或正常都說不上。

專科的時候，班上男同學每夜都穿得非常時髦，和一樣時髦的女孩子外出約會。

他知道他們去跳舞，去ＫＴＶ，去柏青哥，大膽一點的還去牛肉場。但他總覺得自己有些什麼地方早就壞掉了，那樣黑夜裡還不斷發光、閃著霓虹燈的地方是不適合他的。

身而為鬼就該認分，躲在別人看不見的虛空之中。或者講得更白些，其實你明明就在那裡，也要假裝不被看見。

「自願地隱無」，像卡帶必然的背景噪訊聲，明明就在那，卻刻意地要為他人按下杜比降噪。他知道，只要他不被聽見，世界就會對他的存在不施以同情，也不施以暴力，而是施以空氣，一種既然什麼都沒有那這樣也不錯的無視。他需要這樣的孤單來確認自己不受傷。

「已經壞掉的人，再受傷可能就再也活轉不過來了吧。」他這樣想。

每當班上男同學穿得非常時髦，和一樣時髦的女孩子外出約會，他心中想要的，是成為那些女孩，成為那些漂亮男孩心中的歌。他知道他們會手牽手，去迪斯可跳比吉斯的誇張舞步，去保齡球館時，上方的喇叭會放送王傑的歌。他想要成為那些男孩腳下對步的舞者，保齡球全倒時，為他們喊出第一聲歡呼的那個人。

小疆的心中當然有音樂，但音樂背後的雜訊鬼音，又怎能夠任意播送，為那些漂亮的男孩們感知呢？

是的，小疆喜歡那些男孩。

當王傑唱〈他不重，他是我兄弟〉，他知道男孩們都不懂，這世上太快和你稱兄道弟的，永遠只可能把你當作最好的朋友。他不要和他們稱兄道弟，他要離他們遠遠的，就可以在不被看見時，深深地擁抱他們。

小疆並不重，已經不知多久了，他早已習慣自己這樣毫無重量的存在。有次他從那些漂亮男孩們送給女孩的書中，瞥見一本名為《生命中不能承受之輕》的書。他覺得作者真搞笑，當你輕到失去地心引力後，整個世界沒人需要承受你的不可承受的。你的寂寞沒有經濟效益，你的輕重一如真空管的明滅，在失去了光明的黑夜，最亮也終究只能是那樣了。

從那時候開始，小疆便縱身投入類比的音響維修生涯。一開始他只是聽不慣CD冰冷、沒有感情的聲音，卡帶又到處被隨意丟棄，他覺得很可惜。但心中更有一種互相指認的感覺。

說穿了，是一種互挺的義氣。

卡帶和他一樣，都是壞掉的物事，不被珍惜。在合唱中充滿異音的魅聲，每播一回就掉磁粉一次。

沒人知道你的好，你的愛有最佳賞味期，他們要的卻是長長久久，在世界末日來臨前也不會變心的承諾。

那是機器空洞的聲音，反覆一致地說我愛你。

/

然而，小疆心中是曾經有過那個他的。

在那些孤單的夜裡，只剩真空管微弱的光線，伴隨著卡帶嘶嘶的歌聲，小疆再也無法隱藏他對世界滿滿的愛。他需要也被這樣溫柔地指認過一回。在大雨的夜裡，他曾經這樣漫無目的地亂走，下定決心只要有人和他對上一眼，他就跟他一起走。走到不能再走的時候，夜還很荒蕪，寂寞也還沒有邊界，他便索性搭上公車，以為這樣天明的時候，自己已經離家很遠，就可以走出那個不被看見的小鎮。

秋天的雨一直在下，城市裡熙熙攘攘的人群，不斷和他錯身而過。黎明前，公車總是開回最初停泊的驛站。他還是什麼地方都沒有離開。

某個夜裡，他鼓起勇氣走進一間咖啡廳，沒有什麼客人。喇叭播放的是最新西洋排行榜三十名。CD聲音很難聽，沒有一絲動人的力量。他從口袋拿起了自己的AIWA卡帶隨身聽，靜靜地喝著夜裡焦灼的咖啡，以為保持清醒，總比一片虛無慘白地度過眼前的黑暗來得好。

小疆閉上了雙眼，在音樂中感覺自己不斷墜落。

小疆感到有什麼溫熱的東西靠過來時，已經太遲。一個高中生饒富興味地對他的卡帶瞧，他感到有些羞恥，好像長期保守的祕密終於東窗事發。

「你在聽什麼？好像很有趣。」一古銅色皮膚的高中男孩這樣說。

昏黃的咖啡廳裡，燈光把他們對望的輪廓剪影得只剩彼此。小疆什麼話也沒說，他甚至不記得上一次和人好好交談是何時。他有點忘記，禮貌性的回答起手式應該怎樣表達。

他就愣在那邊好幾秒，咖啡因發作時，他終於想起，口袋裡有條一轉二的耳機音

源線。

「這是卡帶，你聽過嗎？」小疆說。生怕第一個發音，就會讓世界再暗一度。

「我在雜誌上看過，沒想到現在還有人聽這種東西。我可以聽看看嗎？」

小疆從口袋裡掏出一轉二的音源線。

在分流的傳輸聲中，他們聽見了彼此。

小疆不可遏止地臉紅了。咖啡廳很昏黃，音樂很溫柔，所有的尷尬和羞澀都看不見。

他們就這樣東南西北地聊了開來。

男孩十七歲，正是要準備聯考的日子，終日苦悶不知所以。男孩在夜裡亂走，和小疆一樣，也是為了尋求一個出口。卡帶也好，CD也罷，男孩渴求的不是傾聽了什麼東西，而是被傾聽，被發現，被感知。

小疆懂的。小疆什麼都懂的。

夜復一夜，小疆和男孩固定在咖啡廳碰面。他們一起聽過了八〇年代最知名的流行團體，也重訪了紅遍港台的四大天王，和所有曾經閃耀過的星星：譚詠麟、梁朝偉、草蜢、姜育恆、林子祥、文章、江明學、娃娃、蔡琴、黃鶯鶯、潘越雲、梅艷芳。

當然，最重要的，是張國榮。

就在男孩聯考的前一天，小疆和他一起聽張國榮。然後，小疆告白了。碎在地上的愛華卡帶機爛了，不知怎麼地，卡帶還是拚命地在轉。

男孩不見了，小疆卻還是每夜都上門。每一夜，期待都落空。

/

二十九歲那年，老派的咖啡廳倒了，改由連鎖的全球化咖啡店經營。他們什麼也不放，甚至不播放難聽的CD。空氣裡什麼電波都沒有，直白得像一杯面無表情的咖啡。

咖啡廳倒了，他知道心中再也沒有一個可供停泊的座標可以返航。

男孩沒有地方可以回來了。就算回來，也不可能以同一個樣貌和風景，重新發生。

等了十年，二十九歲的小疆突然覺得自己好老。他決定回家，回到一個沒有人知道的所在。在無數的半殘機器山後，選擇被歲月埋葬。

我去找小疆的時候，卡帶才正要展開類比復興。那是卡帶復興元年，卡帶以百分之一百五十的成長率，狠狠地把黑膠甩在後頭。CD呢？早就被唾手可得的線上串流所取代。

成天修理卡座的小疆，卻已經很久沒聽過音樂了。

他聽來聽去，總是那一卷工作測試帶。卡帶在播，他卻什麼感覺都沒有。音樂在唱，他卻什麼都聽不見，像一台碎在地上的卡帶隨身聽，所有拚了命的吶喊和轉動，都以相反的速度被完美地消磁。

我知道眼前這個殘破的男人心事很重，幾乎比周圍的機器加起來還重。但壞掉的機器修一修會好，壞掉的心呢？

在小疆告訴我上面這些事情之前，我只知道他很憂鬱。他就躲在那，沒有人可以幫得了他。一個埋葬過去的男人，也消音了自己的未來。

我拿先鋒牌卡帶機給小疆修，但機器其實沒壞。他接過去，冰冷地按下播放鍵。此刻傳來男性低沉的嗓音。李宗盛的嗓音。

愛情它是個難題
讓人目眩神迷
忘了痛或許可以
忘了你卻太不容易
你不曾真的離去
你始終在我心裡
我對你仍有愛意
我對自己無能為力
因為我仍有夢
依然將你放在我心中
總是容易被往事打動
總是為了你心痛

小疆久久不能自已，等我意識過來，他已經淚流滿面。

「沒想到過了那麼久，聽到這首歌，我還是有感覺的啊。」話還沒說完，他就把卡帶取出來，看了看，又放回去繼續播，像是理解了什麼。

果然不出所料，這首〈當愛已成往事〉不是收錄在林憶蓮的個人專輯《不必在乎我是誰》。眼前的這張卡帶，是電影《霸王別姬》原聲帶。

「那麼巧，我最喜歡的就是張國榮……這首雖然不是張國榮後來在《寵愛》專輯的那首，卻更深刻抒發我那時的感受。原來我都沒忘掉。原來，我不想被忘掉。我不知道你是誰，也不知道你怎麼找到我的，但是今天有什麼事情就這樣發生了。」

小疆此時幾乎泣不成聲。

「我找到了音樂，喔，應該說，音樂找到了我。」

我什麼話都沒有說。

無話可說，是因為音樂已替我們說了一切。

眼前的這男人還沒有認出我來。

我曾經是他的寵愛。那時我不懂。那時我只想逃。

我輕易地摔壞了我們的故事。

過了這麼久，一切並沒有成為往事。

卡帶已唱到盡頭，音樂停了。映在牆上的《春光乍洩》電影海報，有一點陽光透了進來。

我對他說，「不如我們重新來過？」

他沒有回答。我古銅色的皮膚，因音樂停下來的靜默在發抖。

取出卡帶，他小心翼翼地放回透明的機艙。

他沒有碰觸任何鍵。

他的手靠在我手上。如此慎重地，從指間傳來一絲絲暖意。

我們在愛中一起按下 repeat。

輯三

藍調知道，Only the Lonely

你有沒有過這種經驗？在擁擠的人群裡去搖滾祭聽嗨歌，人們的時間過得很快，你卻很慢。

你太慢了於是他們穿過你，好比空氣，好比隱形，好比每個人都已經找到了自己的主打歌，你卻永遠只是別人的背景音樂：很好聽，很舒服，卻沒有人想掏錢帶回家。

有天當你終於受不了這種無助的隔離，你大喊，想要震碎隔在你和世界的那道玻璃牆。終於他們回頭發現你了，萬籟俱寂，你是世間唯一的真相。

原來，他們說得沒錯，「the heart is a lonely hunter」，你是被孤獨震碎的那一個。

川流不息

老膽是我家附近常出現的一個渾人。

說老膽是因為他的臉皮夠厚，什麼地方都敢不請自去。也因為老膽小時候不愛念書，只學會念自己的名字就逃了學，國小自然沒畢業。老膽只會念自己的名字，但到底是哪個ㄉㄢˇ，連他自己也說不清。因為他臉皮夠厚，大家都以為是膽識過人的膽，而非黃疸的疸。

老膽真有那麼一點膽識的，用在苛刻自己的身體上。

據老膽的說法，他從來不喝水，也不喝任何罐裝飲料，只喝酒。有一次坐最便宜的長途巴士，去參加他死掉的老鄉葬禮。嘴巴實在渴得緊，卻又死不喝水，只好耐

著性子，等巴士停靠休息站，下車去買了三四罐台啤，趁著放風解尿的十分鐘，一口一口像舔著什麼仙液般喝掉。一回到車上，酒精發作，不省人事。醒來時，他醉醺醺地去參加老鄉的葬禮，感覺十分苦痛，麻痺的知覺，連一滴眼淚也流不出來。

/

雖然自小老膽就在我家附近出沒，我卻從未能跟他說上一句話。可能他的樣子太邋遢了吧。你明知他不太可能真的害人，可是沒事也不會想去搭理這種看起來無所事事的渾人。

念專科的時候，我受不了家裡沒有溫暖。逃家的夜晚，還以為自己是個革命的有志青年，對抗體制的勇氣，就好比我最愛的野狗合唱團那首〈討伐機器〉（Man Against the Machine）一樣偉大。

但偉大撐不了多久，隔天我飢餓的腸胃就在討伐著我的無知。我餓了，幾度想跑回家偷拿包子的時候就覺得自己好下流，這樣連一條野狗也不如啊。

正當我選擇比狗還不如時，老膽出現了。

看見我在風中顫抖，他肯定知道我沒錢，伸手遞了一口酒要我喝下。說實在，那酒真難喝，但在寒冬沒有太陽的初晨裡，風中喝著一點也不暖的酒，竟然有種異樣的幸福。

就這樣，我和老膽混熟了，以一口酒開始。

我們常常到處閒晃，買便當和酒的錢，是挨家挨戶、去附近的資源回收場找好料變賣來的。可能是和垃圾相處久了，長期也被視為垃圾的老膽知道自己其實不是垃圾，也知道什麼才是真正的黃金。他總能從那些最不起眼的纜線鐵圈中，一眼看出它們真正的價值。

但我沒有他那樣的火眼金睛，我只能就自己電子專科所學，盡量去找人家不要的電子產品，拿回家練功翻修，反正取得的價格都很便宜。一台松下的雙卡卡座只要一兩百，常常換個皮帶就可再聽個好幾年，卻被當作垃圾，成堆擺在我們俗稱的「殺肉場」。

一台簡單修好再賣出，至少可以賺個一兩千。有次更撿到天寶的卡座，外觀很差，磁頭滿布著灰塵。我憑直覺花了昂貴的二千元收回家，沒想到只用去漬油擦了磁頭，換了壓帶輪和皮帶，整台功能竟然完全運作正常。

我知道旗艦的天寶卡座很貴，我若賣出，磁頭幾近全新的狀態，可以賣個好幾萬。但我不想賣。這很可能是我最靠近聆聽所謂發燒音響的一次機會，也是我離成為有錢人夢想最近的位置。我不要賣，我要在最孤獨的時候，拿出天寶放我最愛的野狗合唱團卡帶。那時，也許我離天空還很遠，也許我看起來比野狗還不如，但我心中肯定會有那樣的珍寶。

我把這個了不得的事情告訴老膽，他卻什麼也沒說。

最後一次看見老膽，他在路旁掏出那話兒就地解放。其實我老早就見怪不怪，只是我遠遠地就聽見他劇烈咳嗽的聲音，走近一看，才發現那尿太不正常，酒黃色的尿裡混著深紅色的血。老膽分明病得很重。

我要老膽不要逞強了，趕快去看醫生。他搖了搖頭。

「小事一樁，以前尿更紅呢。」

他怎麼也不去「給醫生看」，說沒事給醫生看他白白淨淨的陽物，豈不便宜了醫生？天底下哪有這種給白白看了，還要乖乖交錢的賠本生意呢？

我說不過他，想起這段日子，久沒見面，小鎮回收場的生意難做，一間一間全關了。心想再走幾步還有最後一家還在苦撐，索性就邀他一起去那兒尋寶。

一進門，我們就發覺店家不在，但老膾素來是狂人一個，他知道所有垃圾應有的價格，心情好的時候還會多給店家一個子兒。

老膾要我犯不著愁，儘管去那頭的垃圾寶山亂翻一通就是了，要走前再老老實實地把他認為的價錢放在桌上。反正會這樣亂幹上一通的也只有老膾，店家真要怪罪下來也尋得到人了。說到底，我們總不是昧著良心做事。

那天很熱，據說是當年最熱的一天。我們忙了一個下午，在啤酒和汗水中尋找各自的寶藏。啤酒愈喝愈沒味道，我們一邊咒罵著純度太差，汗水卻沒有停止流下。等我們要走的時候，累得半死，被喝淡的啤酒都是滿嘴的鹹汗味。

黃昏的回收場門口有點淒涼，我們在折疊桌放上該給的錢加上一個子兒，正準備要走。老膾卻像是生根地動不了，眼睛朝著前方的鐵架望去。

那是一台非常爛的收音機。

自我認識有這家回收場以來，那台收音機就被高掛在那，受盡風吹雨打。我曾經想要付個子兒把它帶走，走進一看才發現連一個子兒也不值。

那台收音機一直被放在那，有時有聲，有時沒聲，我想它狀況最好的時候，不過和公園裡跳土風舞用的等級差不多吧。總之，它播不播音樂，我的耳朵從來沒有感覺。直到老膽望過去，我才驚覺，其實它一整個下午都斷斷續續地接收電波，發出好一會兒聲響。

我們一直在離門口很遠的垃圾山來回穿梭著，根本沒聽見它在唱什麼。晚上電力通常比較好，因為台電供應的電壓較穩定，我這才發現它一直在運作。電力正常了，此刻那台爛到不行的收音機，突然清楚地唱出美空雲雀的〈川流不息〉：

這蜿蜒崎嶇的道路
連地圖上也沒有
不就像人生嗎？

路上若有心愛之人相伴
我總相信還有晴天

啊，如川流一般
等候季節移轉
積雪消融

那是我第一次真正聽見那收音機的聲音。音質很爛，但美空雲雀唱的時候是那樣地真心，她歌聲中的苦難，在我們最沒有防備的狀況下，打動了我們。

雖然這樣說很奇怪，那樣的演歌明明是很悲傷的，音質也同樣令人悲傷，我們卻感到快樂，非常非常地快樂。

「那台收音機聲音很不錯喔，可惜太高了，拿不下來。」

過了很久，老膽才對我這樣說。

「嗯，嗯，真的很不錯啊。」不知道為什麼，我這樣回答他的時候，一點也沒有感到內疚。

某個冬天，當我再也看不到老膽到處小便的自在樣，一個念頭上來，我把天寶的卡座賣了，用幾十萬的價格，去買美空雲雀〈川流不息〉首版的黑膠。

我小心翼翼地拭去唱片上的汙漬，試著保持唱片在最好的播放狀態。

唱針落下了。美空開始為我歌唱。

我卻什麼感覺也沒有。

我的心，積滿了雪。

我知道，只要我能再聞到那樣的味道，那樣只喝酒不喝水的尿騷味，那樣回收場的垃圾味，我就會再度聽見那個下午。

那個下午的破爛收音機之聲，當老膽還在我身邊。

如今積雪厚重，生命中的過客，川流不息。失去的味道，再也不可能破冰而出。

Ain't No Cure for Love

萬物皆有裂縫，那是光進來的方式。

There is a crack in everything. That's how the light gets in.

——李奧納・柯恩（Leonard Cohen）

街上的自助洗衣店二十四小時營業。

天氣很冷，家裡的洗衣機壞了。堆了好幾天的衣服再也無法視而不見，心一橫，把衣服連著汙衣桶一起扛在身上。經過一樓，管理員見著了我，好意勸我等明天中

午暖和些了，再去洗衣店也不遲。外面開始下起小雨，明天復明天，明天中午我在上班不在家啊。唉，現在是洗衣最冷的時刻，也是最好的時刻。

洗衣到烘衣完成，需要三個小時。常常我經過這家店，裡頭只有汙衣在水裡轉的機器聲，沒有人在裡頭等。有次我偶然瞥見，一個女孩在裡頭等待她的衣服烘好。女孩想必實戰經驗頗豐，她就著那不太牢靠的白色桌子讀小說，桌上擺著一杯超商咖啡。她的樣子看起來沒有不愉悅，好像等待的三小時並不是一種刑罰，反而是藉以逃離什麼的安全地帶。咖啡在冷天裡愈喝愈冷，她的小說卻愈讀愈熱。

此刻的洗衣店沒有人，也沒有咖啡。我有點想念那女孩。

剛剛冒雨過來，衣服濕了，洗衣店沒有暖氣空調，我倏忽感到一種真實的寒意。而那幾乎就是寂寞。

我把洗衣店的窗戶關得緊緊，藉以隔絕外頭的冷風。已經太晚，我知道不會有人來了，拿出手機，把音樂開到最大聲。我想，有一點什麼聲音也是好的。這樣，好像就有人用電波在冷冷的空氣裡，陪伴著我。

李奧納・柯恩為我唱歌。

我實在是太累了。迷迷糊糊中，只覺得音樂很好聽，我開始作夢。

我夢見，小時候爸爸養海水魚。冷天裡他喜歡買色彩鮮豔的美人蝦，因為蝦子在水溫低時，特別能夠存活。蝦子被一袋一袋地灌滿空氣，回家後被爸爸放在魚缸上頭，隨水流漂浮著，並不急著打開。

我問爸爸，為什麼不趕快打開呢？我好害怕，袋裡的空氣就快要耗盡，蝦子就快要死掉。快把蝦子放進缸子裡吧，我哀求著。

爸爸說，別急，我們要對溫。等到袋內的水溫和缸中的一致了，我們才會把蝦子放進水裡，這樣牠才不會突然休克，一進缸就變成其他魚類的晚餐。

我眼前的男人，心思非常細膩。

隔天一放學，焦急的我，趕快到魚缸去看昨天買的蝦子有沒有事。

蝦子只剩下一張殼。空蕩蕩地，什麼都沒有了。

爸爸還沒有下班，爸爸還不知道。我一直哭，沒有人可以讓我停止哭泣。我感覺自己身體在發燒，但我的心卻不斷地在降溫。一隻活過對溫，卻還是死掉的蝦子，使我感到悲傷。

爸爸回來了。他告訴我蝦子應該沒死，只是躲起來了。

「沒死？」

「這是蝦子的本能，一到新的環境，會馬上脫殼。脫殼是為了馬上讓自己變得更強大，以應付不明的生存威脅。」

爸爸說我看到的應該是舊殼，不是死掉的美人蝦。但他也不能確定。

這是生存的弔詭，也是生命的兩難。爸爸說，為了活下去，蝦子必須脫殼。但一旦脫殼，等待新殼硬化，起碼要一天一夜的時間。這是最危險的時候，因為細薄的肉體沒有盔甲保護。然而，只要活過這段關鍵期，殼硬了，身體就會更大更強壯。

要是不脫殼呢？

剛入缸的蝦子，一週內只要不脫殼，就再也不會脫殼了。牠的身體會和剛入缸時的盔甲一樣大，也一樣小，慢慢凋零，慢慢死去。

如果不脫殼，就好像舊衣服永遠不會洗好。皮膚的細胞無法更新，我們就會困在這套舊皮囊裡，找不到裂縫，也找不到活下去的方式。

/

爸爸走的那一天，身體和器官都是裂縫。我想他的靈魂從那些裂縫裡，一定找到了出口。像蝦子的殼一樣，他只是換個皮囊找到光，到另一個更強大的所在，以那樣我們肉眼看不見的方式，繼續存在。

缸內的美人蝦活了下來。幾天後，找到光，吃掉自己脫掉的殼做為鈣質補充。這是一種「現在」揮別「過去」的英勇姿態。也是過去成為現在（present）的珍貴禮物。

爸爸已經沒有現在了。他的過去，將無可違逆地，永遠成為我的現在。我的現在，依附在他的舊殼下，繼續蛻皮，繼續流血，也繼續壯大。

洗衣機裡和汗水一起轉的，有些是他留給我的衣服。穿著它們，像把爸爸好聞的味道穿在身上，洗衣機永遠沖刷不掉。

洗衣店二十四小時營業。柯恩的歌，整夜在唱。

他的愛也永不打烊。

馬勒第五號交響曲

唱片行來了一個身材嬌小的人，一進門就咳個不停。在滿室咳嗽聲中，他說了這麼一個故事。

/

我的體能自小就很差。服役報效國家時雖然幸運考上預官，但對於國軍三項體能的要求，官兵一視同仁，我並沒有因為掛上官階、擔任輔導長，就享有特別的待遇。沒有，我待的部隊，精實得很，每天下午準時實施體能活動，沒有漏網之魚。

我最視為畏途的是三千公尺跑步。其實跑步是一項滿有益身心的有氧活動，但要在十五分鐘內跑完三千公尺，始終是我的噩夢。

那時，隊上有一個神奇的人，每當我們奮力跑到最後幾圈，意志力耗盡，腦袋一片空白就快要倒下，他就會邊跑邊吐口水。

初見此景，我著實嚇壞，以為此人就要昏去，忝為部隊政戰督導之職的我，就要去拿有名的軍中三寶來急救他。

這下可奇了，這個吐口水的阿兵哥非但沒有腳步放慢，反而亦步亦趨，落地更為穩重。藉由吐口水的剎那，他竟然在調息吐納，讓自己精神為之震撼，以便最後衝刺。

真是高招。

我才發現，原來，面對三千公尺這如此考驗意志的體能奮戰，每個人暗地都備有良方，而不是甘願就地赴死。

「吐口水」這可怕怪異的行徑，於焉給了我莫大啟發。是啊，一個提煉意志、抵抗潰敗的方法。我那時搞政戰的，「心理戰」可算是重要的業務。抵抗死亡的方法，一場自己和自己搏鬥的心理戰——倏忽，一連串響亮的號角聲閃過腦際，好比平地起轟雷，我好像領悟了什麼。

馬勒，馬勒，馬勒在我的心門上敲打，彷彿就在我面前說：「讓我進去吧，我將替你抵抗所有命運的風暴。我將使你復活。」

那是馬勒的《第五號交響曲》。

維斯康堤的電影《魂斷威尼斯》運用其第四樂章，那淒美絕倫的緩板因而知名於世。但那緩板太美太詩意，不足以發揚意志。我在腦海中播放的是，石破天驚、燦爛無比的第一樂章，其長度大約十五分鐘，恰是三千公尺長跑的律定時間。

其實馬勒這首交響曲的第一樂章是「送葬進行曲」，說能振奮精神似乎太怪。但也許這正是馬勒音樂美妙的弔詭，升C小調、二二拍子，以「精準的步伐，嚴格地、送葬般地」營造出沉重悲愴感，反而恰如其分，體現彼時我那如死將亡的身軀與心靈：死了，才能復活。

就這樣，下午四點三十分，每當我在起跑線上，我知道自己又將死去一次，但我已無畏懼。踏上自己的葬禮，賣力地長跑，以「精準的步伐，嚴格地」播放馬勒，我終能望見曲末天國的降臨，而終線就在其後。

梁祝

是這樣迷離寂寞的夜，我放起了《梁祝》小提琴協奏曲。

曾經有人這樣告訴我。排除通貨膨脹不算，《亂世佳人》可謂影史票房第一，成就遠勝《阿凡達》或《鐵達尼號》。相較之下，華人影壇只有《梁山伯與祝英台》堪稱當代的〈Gone With the Wind〉。

告訴我這件事的，是一個女孩。我認識她已經很久了。接下來的故事，發生在她的青春。

高中時，女孩曾聽說過《梁祝》是她母親阿姨那個年代的絕世經典。但傳聞總是傳聞，直到她就讀的這所高中圖書館進了一批邵氏電影，女孩猛然發現其中有《梁祝》。

週五的下午沒有輔導課，女孩和自己最好的朋友相約在圖書館，度過一個無人知曉的冬季下午。

整個圖書館靜悄悄，大夥早放學去了，只剩很想快快放假的行政人員苦等指針滑到五點二十。

整個圖書館只有她們用耳機分插線傳來的黃梅調，和她們忍不住的青春笑聲。

「這……什麼跟什麼啊！」

她們沒有發現，身邊突然多了一個人。

女孩們知道自己倒楣了。那是圖書館員沈霞，從來不給學生好臉色看。

女孩不敢相信自己的眼睛。平時不苟言笑的沈霞，此時竟樂滿開懷。

「哇，妳們小女孩也在看《梁祝》喔？」

沈霞不等她們接話，自顧自的拿過一張椅子，在她們身旁坐下。

第一次，她們看見玫瑰色的晚霞在沈霞眼裡昇起。第一次，她們體認到，任何人都曾青春。在你輕易地拒絕且無視他人現在的樣子前，你不知道也不想問，是否他們曾經有夢，是否現在還有夢。

第一次，她們知道，關於《梁祝》的一切，都是真的。

/

故事講到這裡，我手邊的《梁祝小提琴協奏曲》也剛好放完。我忍住不讓眼淚流下來，像女孩們當日所見沈霞眼中的淚光閃閃。

顫抖的手，此刻卻忍不住從頭開始放起。

我想和你虛度時光

每年音響展，我最討厭的就是頭兩天。

週四和週五，彷彿全世界都要和我們廠商作對似的，能用的電源處理器都用上了，擴散板、吸音板等空間道具也精銳盡出，但聲音和在店裡聽起來，就是有那麼一點不同。

少一點甜，少一點暖，少一點撒嬌，少一點自在，少一點空氣。少一點靈光。

少了那麼一點，結果就是難聽。

週四、週五原本就是上班日，人潮比週末少很多。這兩天大家的展房聲音都還沒磨合熟化，僅有的人潮都在各展間快速竄動，翻桌率特別高。而我討厭在系統衰聲的時候，讓同一組客人停留超過十分鐘。

我害怕他們豎起金耳朵，在我的百萬系統裡找出悚然的破綻。

我討厭自己在他們面前裸體的樣子。

幾屆音響展下來，我慢慢也就領悟到因應之道。

剛開始的前十分鐘，祭上發燒片、口水歌。誇張的動態、誇張的唇齒音，有九成的機會可以掩飾系統的十樣缺點。

但我總是害怕第十分鐘的到來。像灰姑娘在午夜之前，不願南瓜現出原形。

九分半了。

馬車就快融化了，我得快速趕客了。

不能讓他們聽出系統的那個最大缺點。那即是，一切都好，五行無阻，金木水火土各路優點皆俱，就是「不耐久聽」，耳朵會累，聽感易燥。

每年我都在九分半的時候準備播「趕人歌單」，每次都奏效。偏生這傢伙，要賴在這裡不走！

已經十二分鐘了，我有點生氣。

半個小時之後，我開始焦慮，心裡百轉千迴。他拿出筆了嗎？他表情怎麼那樣難看？他長得好像那個音響雜誌的毒舌編輯啊……

空氣中此時播放的，是屏東繫。本屋書店《自選獨立音樂》歌單，在Spotify輕易就可以找到。

怎麼說呢？這些歌曲都是文青會喜歡的那種。沒錢的後製，Low-Fi，長篇肉麻的憂鬱詩意，恰好是會來買我家百萬喇叭的優雅人士視為「缺乏政治正確且沒有品味」的那種。

缺乏音響效果的文青趕人歌單，其實聽來有點舒服。些許慵懶而沒那麼精確，恰好完美掩蓋、解除了系統一催大聲之後的耳鳴煩悶。

但這不是他們需要的。

他們顯然需要更多的馬勒和狂飆。

但那不是我需要的。

在放完《巨人》狂暴的第四樂章後，我的耳膜肯定短時間難以「復活」。

偷偷跟你講，最好的音響是放大聲也不覺得吵。我家的系統很好聽。十分鐘之內，音場就能深到對街，破窗而出。

但只能維持十分鐘。我早就告訴過你了。

十分鐘後，我需要老王樂隊的〈補習班門口掛著我的黑白照片〉，一點點的魏如萱和程璧。救贖之必要。低傳真之必要。俗氣之必要。壞品味之必要。

/

歌單播完的時候，已經又過了兩個小時。

整整兩個小時，沒有人進來過。沒有人要聽我的歌。他們肯定都被這樣的歌單嚇壞了。

整整兩個小時，就只有我和他坐在空蕩蕩的此處，對角線的相互之側。我們沒有

交換過一句話。但我已經知道他只是一個平凡的聽眾，和我一樣。音樂讓我們不需交談，心卻靠得很緊。

那天下午，我什麼音響都沒有賣出去。週一回到公司，被老闆罵得半死。他從音響展的臉書專頁得知真相：有一間展房不要命，不放發燒片，不放古典，不放蔡琴在〈月光小夜曲〉數青蛙的背景聲，放音質很爛的 Spotify 歌單。底下的回應皆盡是些冷嘲熱諷之語，連同業也來假意關切。

就這樣，我賠上了一整個月的薪水。一年難得一次的音響展下午，竟然連一條三千元的訊號線都賣不出去，不掃地出門只扣薪水，已算老闆仁慈。

多年之後，我已不再從事音響買賣，轉換跑道，白手起家，成了連鎖企業的大老闆。我的辦公室音響，單一條訊號線的價格，就是當初賣不出的高級音響整套花費。

每當我用近乎完美的系統播放〈月光小夜曲〉，思緒總是會飄回去那個下午。

在那兩個陌生人獨處的下午，失語的空間裡，趕人的歌單沒把人趕走，卻真真切切地感人至深。有什麼寂寞被撫慰了，有什麼憂傷被聽懂了。

我總是記得歌單最後一首是程璧的〈我想和你虛度時光〉。

那樣僅有的時光，終將使我虛耗一整個月的薪水。但我沒有後悔。如今我用一輩子賺來的薪水，用世上最高級的音響聽歌，卻再也換不回那樣被虛度的時光。

白天不懂夜的黑

光華路上咖啡館很多，每一家都沖出一樣的味道。標準化的連鎖店風味。

夜裡寫小說寫到失眠，我總拐進光華路底的小巷。那裡有一家小咖啡店，一個女孩，她為所有人沖出不一樣的咖啡。

位子只有一個。她讓你們之間沒有距離，近得只剩咖啡。

近得只剩音樂。

她知道我喜歡古典樂，從 YouTube 的推薦清單上，找到了適合的音樂。賽風壺的酒精燈在燒，有一些熱氣慢慢竄出，我看不見她手機螢幕的曲目。但我猜是蕭邦的《夜曲》。

「我不要聽，」我說。「妳總是播放適合我的音樂。但老實說，我是為了逃離家中那樣的音樂，才來這裡喝咖啡的。」

她瞪大了眼睛。

「人們都說安靜的夜適合聽《夜曲》，這樣的假設其實是很自大又自私的。那些請你好好聽《夜曲》的人，在家養尊處優。他們妄想《夜曲》是眾人的解語花，愈安靜愈優雅。可偏偏我不想安靜，我唾棄優雅。我悶得慌，我的夜就是太安靜了才想出來走走。聽什麼都好，只要能夠讓我生活裡那頭安靜的獸，暫時忘了我。」

咖啡女孩舔了舔上唇。「沒想到夜裡喜歡寫小說的人，需要的不是安靜，是……噪音？你該不會真的想聽我播其他的歌吧，那些你一定不喜歡啦。」

不，不要播「其他的歌」，播妳的歌。

如果可以，請讓我追蹤妳 Spotify 最愛的電台。

我心裡這麼想，但我忍住不說。

「真的，不要聽蕭邦，聽蕭煌奇或蕭敬騰都可以。」我以為她會喜歡他們。

「唉呦，那些歌我不聽的啦！雖然不難聽，但這裡的廣播常放他們的主打歌，我早就厭煩了。」

和我一樣，女孩也是在夜裡嘗試逃離自己白天的人。

人們總是認定我們的「日常」必須如此，諸如你是小說家肯定喜歡巴洛克，妳是咖啡女孩所以文青後搖。人們只看得見我們的白天，看不見那樣的陽光很刺眼。

我在自己的黑夜裡，乞求她底心的音樂。

終於，她有些難為情地問：「你知道誰是 Eva Cassidy 嗎？」

「我聽過她，是個滄桑的爵士民謠歌手。她很可憐，死後好幾年才被人知道，世上曾有這樣美的聲音存在。」

我淡淡地說。但我沒說，在我家裡，有一整套她的唱片。

「我就想你寫小說的，品味一定不同。前幾週這裡只有我一個人，在那樣的夜裡，廣播突然傳來她的聲音，不知怎樣地，我全身有如閃電貫穿。當歌曲播完，主持人說了她的故事。Eva Cassidy 生前默默無名，直到某個外國廣播主持人播起她唱的歌，瞬間湧入成千上萬的電話。大家都想知道，這樣歌聲具有魔力的人，究竟是誰。沒料到她已不在人間。」

女孩有些不安，繼續說：「但我想你一定知道她的故事，所以我很猶豫要不要跟你講，我是怎樣受到她的歌聲感動。如果你聽過這個死後復生的故事，我會感到難為情，那就好像我在野人獻曝，把自己莫名的感動跟另一個人說，他卻說，這沒什麼，我早就知道了。我害怕聽到那樣的回答。我害怕自己的現實不被認可。我害怕自己的音樂，只是過時的老調重彈。」

我的眼眶濕了，不是因為賽風壺的熱氣。

「我害怕野人獻曝，把自己那樣赤裸裸地奉獻了出去，卻得不到回應。我害怕自己的回音。而我更害怕的是，你沒聽過Eva Cassidy，我鼓起勇氣跟你講了，你卻說，她只是我內心的投射。她不存在，就像我一樣，在沒人造訪的深夜咖啡館裡，同樣不存在。我思故我在，我思考了，卻永遠只能是自己的幻覺。」女孩幾乎是顫抖地說完。

我鼓起勇氣告訴她，我家中那一整套 Cassidy 唱片的故事。

在很多年前的夜裡，十二點前的台北愛樂廣播最後一首就是蕭邦的《夜曲》。十二點剛過，換成沈鴻元的「台北爵士夜」，放的正是 Eva Cassidy 的歌。然後，主持人講了她的故事。

隔天，我到唱片行把她僅有的幾張唱片買齊。連續好幾個禮拜，沒有停止聽她。

我認識的女孩，一個一個離開我。她們沒有辦法和一個只聽 Eva Cassidy 的男人過活。她們認為這個不存在的女人，用歌聲拐走這個男人，把他從她們身旁變不見。不存在的男人。

她們想為自己存在，所以她們選擇離開。

等到男人意識到發生了什麼事時，全世界只剩下他一個人。全世界只剩下我，和一整套被唱針磨損不堪，唱到失聲也失真的 Eva Cassidy。

從那個時候開始，我再也沒辦法聽她的歌。

從聽不了她的歌開始，我的生活只剩下安靜。而午夜廣播的《夜曲》一直在放送。

/

她煮的咖啡其實不好喝，每次煮出來的味道都天南地北。

同一支豆子，有的酸，有的苦，有的澀，有的黑，有的淡。

百轉路迴，姿態各異，像生命的千瘡百孔，像那孔裡終將透入的微光。

像她此刻所播的 Eva Cassidy。

郭德堡

不像其他同年紀的高中生，少年K抵抗這世界的方式，無疑是更軟質內向的。

青春期的那些同儕們，每個都在動情激素的折磨下，以體液的流動做為孤寂的排遣。或在球場上流乾汗水以耗竭精力，或不斷群毆鬥狠，在血水中尋求雄性的自我認同。

流汗或流血，這是他們理解自身存在的方式。

當然，這是最理想的互存狀態，更常的是他們流汗，而他流血。

每當少年K被揍的時候，他很清楚所謂「青春殘酷物語」大概就是這樣一回事。

青春不就是一場體液交換的過程：他們流汗，而他流血。

剛開始他還會哀求，求求他們不要打了，上課鐘就要響了，好歹留一兩分鐘讓他可以整理自己，把傷口深掩在那縫線早不知破了幾回的制服裡。這樣，至少待會進教室的時候，老師不會問起：「K，你這是怎麼回事？」

後來，日子久了，他也不出聲求饒了，因為連他自己都開始懷疑這個藉口的合理性。他其實打從內心非常清楚，老師從來就不會問的。

老師甚至有注意過他的存在嗎？K對於老師來說，不過是某些分數的借代而已，在那些紅色的數字背後，早就不具有任何人形的可能。

於是，他就只是這樣默聲，允許自己漸次地解離。肉身還存在那個體液交換的現場，精神則比緩板更慢地出逸。

如何保持不發狂，觀賞眼前這齣發生在自己身上的青春殘酷物語？

對K來說，精神的出逸就是另一種體液交換的歷程：有限的肉體在流血，他的靈魂在流淚。

這簡直是某種瘋狂、近乎阿Q式的昇華了。每當他們發狠，拳腳齊發時，他便在內心播放起自己的音樂，做為一種不可能卻又極其合理的救贖。彷彿他的身體不是他的，此刻他只剩下意識而已。

在那隔著肉體的苦痛之海中，意識憑藉著音樂的浮木，讓他得以載浮載沉，躲過一次又一次殘酷、不由他選擇的體液交換賽。

最初的樂音是馬勒。那狂暴般的力量，使他得以抵抗一切施加在他身上的同等暴虐。有時是布拉姆斯，那些炙熱悶騷到無以復加的鋼琴三重奏或大提琴奏鳴曲，讓他得以成功地召喚出不存在的情人，在他身旁說愛。

寶貝，一切會沒事的啊。

當一切的樂音在內心沉默，通常是肉體的痛苦完全凌駕了心靈的越獄。心中的馬勒《千人交響曲》無法歡唱，假託的愛人也被追回時，心中竟然會響起非常輕巧的聲音。

剛開始基本上是聽不見的，那只是幾個簡單的樂符而已。而後，隨著肉體的苦痛極大化，那聲響竟也成正比地，敲得愈來愈大聲。

原來是一首曲子啊。

啊！竟然還是一首……鋼琴曲。

少年Ｋ慢慢地在心中哼起這首非常簡單的曲調，一首他在電影裡聽過，以為早就忘記的曲子。

他想起來了，那部電影叫《英倫情人》，原名叫「The English Patient」。少年Ｋ那時還真的拿起字典查「patient」這個單字。patient 是病人的意思啊，應該叫《英倫病人》才是吧。

恰如其分地，少年Ｋ在心裡播放起《英倫病人》。

對，是病人沒錯，不是情人。此際身體被雷電通過之後的殘軀，不正是病人的最佳寫照？Ｋ記起來了，在他意識盤旋的這首曲子，是巴哈《郭德堡變奏曲》，帶給他心靈最後殘存的力量。

想起電影最後的結局和為愛的犧牲，K流淚了。果真也該翻作情人不是嗎？透過那小巧精緻的無限樂思，終究是超拔了有情之人。他，應當是有情之人了吧。至少，是「有情的病人」，在意識和肉體的無限次順流逆流之間，透過流血以換取流淚的可能救贖。

/

雖然此際肉體的血仍流不止，他終究還是進行了一次極為成功的心靈越獄。

不像其他同年紀的高中生，少年K抵抗這世界的方式，無疑是更軟質內向的。

All Tomorrow's Parties

和老友相約碰面，是一件很痛苦的事。

對我們這些年過半百的人來說，每次重逢都是生命中的大事。你不知道這次轉身，下次看見他的背影是什麼時候。有些人遠渡重洋，說是為了投票才回國順便看你，其實你何嘗不知，看你才是遠行的目的，你才是他們心裡投票的最佳人選。

年過半百，每次見面，都有種生死契闊的感覺。喔，不，時間並非我們最大的敵人，時間是我們最大的情人，只是我們總還來不及觸摸它的臉龐，它常常就已經消失不見，徒留在風中的蒼茫回憶。

和老友碰面，因此是神聖莊嚴的事。

情人眼裡容不下一顆犯錯的沙，所有預先的心理準備，都是為了這次意義重大的會面。選擇碰面的地點必須受到最嚴格的考驗：你記得溫先生是不吃辣的，因此雖然新近巷口有間川菜館遠近馳名，你也只好從名單上早早挑除。

義大利麵呢？洋派的馬小姐肯定喜歡吧？但整個城市找不到一家道地的洋食館。去山上的那間私房小廚如何？路程太遠，你知道她的班機就在三個小時後。

「只剩一些時間的話，簡單地喝杯咖啡也是好的。」善解人意的邵教授在電話裡這樣跟你說。你有些寬心了，只喝咖啡的話，總不可能有什麼事還會出錯，於是你安然且慎重地赴這場約。

老屋改建而成的文人咖啡館，是你們喜歡的歲月靜好。但你沒瞧見前方的一塊險石。你料想不到，一切細節都考量到了，卻沒想到破壞美好約會的，竟是空氣中看不見的電波。那危機四伏的背景音樂。

蕭邦是很保險的選擇，但耳尖的你，馬上就聽出樂音中那些微顫的顛簸。這個鋼琴家分明在玩火。他採取了一個更不尋常的進入方式，以為自成一家言。邵教授向來是嚴謹的人，前奏曲還沒播到《雨滴》，你發現這座咖啡館已經暗無天日。他低

沉的臉，已撐起了傘。

還有一次，你和遠從日本回來的老陳去一間爵士咖啡部屋。一進門就聽見〈伊帕內瑪的女孩〉，你心想真是來對了。只是咖啡還沒送來，老陳已經坐立難安，趁著天還沒全黑，想起身走了。

你當時只覺得難過，不知為何好不容易才碰面，這麼快就要走。很久的後來，換你去日本的 Jazz Olympus 同他整夜不眠，聊往事和青春，他才告訴你，在台灣碰面的那次，店家放的黑膠肯定是最近復刻的，聲音聽起來缺乏早期版的溫暖。你這才恍然大悟，老陳久居日本，耳朵早就被訓練成類比的形狀了。

/

年過半百，和老友碰面是一件痛苦的事。

年過半百，你們的口味和聽覺都已經成為一種久經練習的個人風格。雖然心裡不捨，也不太願意承認，好久不見，好想見面，卻發現其實你們都已經變得生疏。曾經喜歡的歌，現在不一定喜歡。曾經那麼牽掛的風景，他早就忘懷，你卻還在轉角為他駐足。

是故，見了這一次面，真的很難有下次了。

你們終於理解到，你們之間，早已漸行漸遠。那麼，不如不見。那麼，相見不如懷念。這樣，也許你們還可以在某一個起風的夜晚，記起你曾經這樣慎重，在彼此的生命中留下最後一個溫柔的眼神。

然而，在這一切看似悲傷的荒原之中，卻也還有一種「不見」。

「不見」是終於決定可以不必常常那麼見面。「不見」是你們在這麼久之後再度重逢，發現彼此被歲月琢磨得更具厚度，那是一種真實的慈悲和寬容。

在那樣的人生風景下，再沒有什麼更重要的個人風格，橫亙在你們此刻彼此的交心。川菜也好，洋食也罷，吃什麼都不重要。古典很好，爵士亦佳，什麼歌都相襯。

重逢不是為了確認曾經喜歡的歌還一樣。重逢是為了確認可以不一樣。

你們在重逢中確認：自己的不一樣，像年輕時一樣，全為對方無私地接受。

你們在愛中，確認不見時，也可以那麼安心。

見與不見，都再也沒有遺憾了。

下午的一齣戲

世間所有的相遇，都是久別重逢。

在下雨的午後，意興闌珊地開車，趕到下一個開會的地點。你早已數不清，這是今天第幾次的約會，第幾個客戶，第幾個待辦事項在清單上等候被刪掉。

你已經很累了，但你沒有時間休息。你情知抱怨是得不到安慰的，你只是讓手麻木地放在方向盤上，虛應著你脆弱的人生敘事。

其實連腳也沒什麼感覺了，但你連這點都沒有意識到。你只是希望在這樣突來的雷雨中，能慢慢地划到彼岸，而不致滅頂。

眼看大雨是躲不了了，你麻木地扭開廣播。車上天線那邊，傳來陳明章的〈下午的一齣戲〉：

天色漸漸暗落來／烏雲汝是按佗來／這個熱天的下晡／煞來落著一陣的毛毛仔雨／踏著澹澹的街路／雨哪會變做這呢粗／雨水拍佇布棚頂／看戲的阿伯也煞攏走無／下晡的陳三五娘／看戲的人攏無／看戲的人攏無／鑼鼓聲／聲聲塊慶團圓／台腳無一聲好／台頂是攏全雨

車過大坪頂，雨仍在下。
車過大坪頂，你仍要趕路，趕人生無盡的長路。
車外的過客在閃雨，街道冷冷清清。只剩你和陳明章在路／台上，繼續一場 The Show Must Go On 的獨戲。
雨是一時半刻不會停了。沒有人會為你擊掌。所有的人都在世間趕路。
但此際，你已經有歌了。
你是有歌的人了。

Somewhere Over the Rainbow

報攤的老先生在棚子下擺攤已經很久了。因為手機讀報很方便，每次經過，我都感到不好意思，只得快步走過。

擺攤的生意不好，但不管晴天或雨天，他一定在那裡，為了那些稀少的客人。

一場突如其來的午後雷陣雨，我在街上狂奔，經過報攤時，還沒賣掉的報紙已經全濕。

賣不出去的報紙泡在水裡，看起來樣子很淒慘，好像日子還沒翻頁，就要過期。

街上只剩我和老先生，其他人全躲雨去了。我挨進他小小的棚子裡，老先生什麼也沒說，濕冷的空氣裡，他從電鍋挑選一顆熱好的茶葉蛋給我。我馬上就吃掉了。

我想掏出口袋僅剩的銅板，把被雨打濕的報紙全買下，卻發現口袋不知怎麼地破了一個洞，連剛吃掉的茶葉蛋也付不出來。

老先生似乎讀出我臉上的歉意，把雨中收訊不好的廣播轉得更大聲。從電鍋裡，又夾起一顆茶葉蛋給我。

「來，請你吃。不用錢。」

這次他說話了。雖然感到難為情，我還是馬上把蛋吃掉。

「你的樣子看起來很淒慘。」這時我才想起為什麼口袋破了個洞。一定是剛剛打架時，褲頭被扯開，銅板全從洞口掉落。

我是班上唯一讀小說的男生。

他們把我的小說丟到垃圾桶。我撿起被飲料罐餘汁浸濕的紙頁繼續讀。後來他們把我的小說都撕爛，那也不打緊。我閉上雙眼，就著剛剛讀到的幾十頁，想像故事可能的中場與結局。

我為沒有讀完的小說，在心中寫下自己的故事：有一個叫卡夫卡的男孩，走到很遠的海邊，看見世界比較好的樣子。我記得故事裡頭，他正要聽貝多芬的《大公鋼

琴三重奏》。然後我就不知道了。小說已被撕爛。

我在音樂課上不識相地，請老師播《大公》給我聽。老師播了，原本計畫要放的搖滾電影因此沒播。我為沒播的搖滾電影，狠狠地挨揍。

那也不打緊。我有一首好曲子了。

他們看我臉上泛起奇異的笑，打得更凶。我只得逃。逃到下雨的街上。

/

小小的棚子在漏水，但我並沒有因此感受雷雨的冰冷。

我吃了兩個茶葉蛋。在午後廣播的老掉牙粵式情歌中，我知道沒人傷害得了我的。老先生接納了我，沒問太多。任由音樂不斷地在我們身邊，如雨般打落。

雨一直下，我卻希望永遠不要停。

The Sounds of Silence

意識到站前的玫瑰、大眾等連鎖唱片行相繼倒光的時候，火車仍舊以遲緩的速度前進。

「已經多久沒去逛唱片行了呢？」他心想。

聽唱片的日子，是在求學苦讀，秋夜無光的涼露星辰裡。他靠著一張張《西洋舞曲大帝國》精選，透過破爛的山水音響發出扭曲的節奏，才得以趕走濃厚的睡意。母親叫他看書時不要聽音樂，她總是疑惑，音樂那麼吵雜，如何能夠「定靜安慮得」，讀得入心呢？她不知道，對他來說，音樂是抵抗世界的唯一心靈裝備。

他們所居住的房子，面對大路，車水馬龍，總是很吵。房子之內，外婆夜裡的咳

嗽聲沒有停過。她的窗戶緊閉，但空氣裡的微塵，依舊無孔而不入。

他們沒什麼錢，房子很小，牆壁很薄。該聽見的和不想聽見的，總是熱情地一次通通給你。

上國中那年，外婆死了。夜裡再也沒有咳嗽聲了。他想起小時候回外婆家，總要坐很久的火車。普快很慢，心卻很穩，靠在媽媽的身上，有股香香好聞的味道。

當窗外城市的風景轉變成魚塭和抽水的馬達聲，他知道外婆家到了。魚塭的馬達聲是他記憶深處裡的原鄉。有一天，魚塭的馬達再也不轉了。

外公過世後，留下的三個養殖場，四個在外地工作的舅舅都不想回家接手。故鄉荒廢了。馬達拒絕運轉。但人生還得前進，像火車一樣，在看似無窮的軌道上，尋找自己的方向。

母親只能把外婆接回家照顧。他的音響只能那樣地開。開得很大聲，阻斷所有聲音。阻斷世界所有的惡意。

終於他連自己的聲音也聽不到了。他成了一個聽不見自己心跳的人。

當世間所有的聲音安靜下來，他突然覺得很恐怖。

天堂的眼淚

我覺得有人在看我。

這城市太擁擠太狹隘，悲傷占用了太大的空間，入夜後，我總習慣把門關得緊緊地，生怕外頭的病毒、謠言、黑暗中的魅影，趁你不注意的時候攻城掠地，也怕自己內心的獸跑了出去。

我如此防備自己的私人空間，好似楚河漢界，心裡暗忖，只要外頭的月黑風高不欺進來，我就可以好好地在自己的公寓裡烹煮小說，讓文字的清火驅趕我內心恐懼的那些事物。

但每天晚上，對面大樓七樓Ａ５的半掩窗戶裡，總似故意地留著一盞小燈，隔著窗簾，有些明晃晃地透露出這裡有人的訊息。當我抬頭望去，中間雖只隔了三、四公尺，卻看不到任何人的真實面貌。

隱約地，我只感覺窗簾後有雙不懷好意的眼，也正往我這邊回望過來。我想閃躲那雙窺伺，但它彷彿了解我的心思，我愈不看它，它愈在我心頭上占據一個如同血蛭黏附在皮膚上的位置：非常小，非常黏，也非常痛。

我開始變得不能專心，做事愈來愈沒有效率，文字的進展成為一場場思考潰敗之戰。我好像坐在雪地裡，看著刺眼的雪地反光，明知沒什麼好看的，那光再看下去，眼睛就要盲了，人生就要毀了，但我還是呆若木雞，看著那樣的光。

它刺進我的內心，刺進我的靈魂之窗，我卻有種「非看不可」的毀滅快感。

我開始瘋狂地作夢。其實我也分不清，哪些才是真實，那些才是幻想。就連現在寫下這些文字，我真的是在現實人生中寫就而成的嗎？還是，我現在還在夢中呢？我究竟是那隻蝴蝶，還是莊周呢？或者，我根本是那雙看不見的七樓Ａ５的眼神，正在裝模作樣地重現一個謀殺的預感或入侵的幻視？

而剛剛發生的事，我不知道是否也是夢的惡作劇。

我看見自己終於鼓起勇氣，騙過對面大樓保全，說我和上面的人有約，必須上樓。別問我到底編了什麼藉口（還是其實我海扁了他一頓？否則我的雙拳為何有些烏青，麻麻作痛？），總之我成功抵達了，我人就在七樓A5的房間門外。

不出我所料，連門縫都透露出那該死的光，而那雙看不見的死眼，黏糊糊地像《無底洞》或《魔鬼終結者2》裡的液態金屬人一般，從門縫間流了出來。我還來不及反應，死魚眼的窺視感已黏住我的腳踝，瞬間就增生數倍，百倍，千倍，億萬倍，要把我身上所有的粒子都攫獲擄盡。

但這不過是一種黏蛭的、令人肝膽翻滾的皮毛豎立感。實際上根本什麼也沒發生。地板還是地板，門縫還是門縫，那該死的光還在腳踝邊不懷好意地流動著，而我的身體還是好好的，什麼也沒發生。

什麼也沒發生，除了這時候我聽到門裡有人開始播放該死的音樂！

對，該死的音樂！

在我那個賴以生存，五個榻榻米大小的公寓裡，沒有天線，沒有廣播，沒有收音機，沒有卡帶，什麼音樂都沒有。我所有的，就是一大台打字機，和無數可供腦汁噴液繕打的紙卷。

音樂這種東西是騙人的玩意兒，專門誘拐那些涉世未深的心靈，以為聽了幾首清曠的午夜怨曲，就可以為自己易碎的心買一份藥力超強的保險。但心啊，如此善變虛偽，正當你以為過往的痛不再有任何感覺了，它又開始發顫發暈。多麼不牢靠的東西！所以我斷然拒絕所有音樂。我寧願在鋼板印刷和道林紙間，創造保衛生活的詩情之神，也不要盲寄於音樂這樣一個巨大偽神。

但為何這該死的門縫，該死的七樓A5，偷步而來的微光裡，夾帶的Do Re Mi竟如此該死地好聽？

那是一個男人的低訴之歌，如此哀泣，卻又充滿對生命的寬容與和解。那男人撥弄著一把細碎的吉他，口中述說一個夭兒的家庭悲劇……

啊，這不是在說我嗎？

許久以前，我醉心於法朗克的小提琴奏鳴曲而把廣播放得太大聲，以致兒子爬出前廊我都沒有發覺。然後，就是緊急的喇叭作鳴，和煞車不及所引發的刺耳聲，讓我從優雅的法國回到那個悲傷的午後門階。

接下來的事或許你已經猜到，我把有陽光、有蔓生植物前廊和有德律風根收音機的房子賣掉。簽字，分了寫三部小說所換得的幾百萬後，妻子便帶著小寶，從此消失在我的生命之中。

我搬到這方極小的公寓，沒有陽光，沒有音樂，甚至沒有一點西風的話。他們過得怎樣我再也無從得知。事實上很長時間，我也忘了生命中還有其他人的存在，直到我夜夜難以成眠，感覺對面的死魚眼總在算計著什麼。

直到我在七樓A5門前，聽見這首歌名不確定，但歌詞反覆出現「天堂的眼淚」的迴旋懺情，我開始疑惑自己的人生。

在門外的我傻了，我重新審視自己過去到底是怎樣沉迷於悲傷，以為生命發生了那件再不可能更悲傷的事，日子到此就過不去了，時光就停擺了。

是啊，在選擇拋棄音樂的當下，把老爸唱盤摔爛和賣掉德律風根收音機的時候，我已親手謀殺了自己。難怪我總是在作夢，難怪我總是無法分辨現實和夢遊之間的區別，如同剛剛發生的事，我聽見的男人低語是真的嗎？還是又是幻覺在對我惡作劇？

但那唱片裡的男人和吉他，聽來是如此撫慰，讓我根本不想去思考到底什麼是真

的，什麼是假的。誰知道呢？也許是一隻叫卡夫卡的甲殼蟲長期在擬態人的思考。也許不是。也許連蟲都沒有。

儘管如此，幻覺也好，現實也罷，唱片中的男人沒有放棄文學詩情可能的救贖，反倒以音樂做為針線，為他自身悲傷的故事譜入文學，做為宣洩移情的希望織體。他的故事，就是我的故事。

男人終究走出了自身的無間地獄，把自己原本為兒子邊飛邊破碎的身體如伊卡洛斯的身體，重新用愛與詩歌，一一打理順服，一一縫製修補回來。我好似就也流下這天堂的眼淚。

我那破碎的兒子如今長眠於下，再也無法完整長回來，但我破碎的心，透過男人歌聲內裡的引渡超拔，竟也長出一點蔓藤植物的野性芽苞，每個芽都像是有眼睛似的。

於是我推開七樓A5的門，走了進去。

每對舊家前廊的常春藤之花，都無比精神地看著我。

丑角

你已經發現，整個歌劇院裡，總有那麼一兩個最難賣的位子。最邊緣，最不符合人體工學，與他人接壤的可能性最低。一個你最安心的位置。

每次買票的時候，服務生都要跟你確認再三：是嗎？真的嗎？這個位子很難坐，頭要側彎才能看見歌唱家那神入陶醉的表情，上面就是環繞喇叭，意思是整場演出下來，都可能被太靠近的聲音過度轟炸。位子還那麼多，為什麼你一定要選這個？只是票價很便宜的緣故嗎？其實你大可以負擔得起第一排的黃金價位，但你不要。那邊接壤的都是世上最光鮮亮麗的人，對照你的心，如此殘破。

你發覺你很難跟他們解釋，甚至連你也不知道是怎麼一回事。你只知道，那個很爛的位子，偷放了一條捏得很臭很有你味道的小棉被。

聽什麼歌劇其實不太重要的，坐進那個位子，取得某種身心全然放鬆的姿勢，感覺好像是國小放學後那些玩鬼抓人的時刻，整個世界就只剩下你和你的衣櫃。

衣櫃裡沒有怪物，門外才有。牠們就要來抓你了。

但在那發生之前，你還有數分鐘。你還不要逃，你還不想要尖叫。有那麼萬分之一秒，念頭閃過：也許，這一次不是怪物來襲，而耐心終會得到應有的回報。也許，你可以只是無比安心地待在那樣最邊陲的角落，等待被誰怎樣溫柔地找到。

但沒有人溫柔地發現過你。每一次，門打開的時候，鬼都一口把你吃掉。

換你當鬼的時候，你才發現其實當鬼的感覺很熟悉：不玩遊戲的時候，你早就是他們眼中的怪物了。

是鬼就該認分，坐在自己不被發現的異度空間吧？那是一個和他們相處在同一時空，實際上所有可供離魂逃亡的結界，金木水火土五行都被上了封咒。

歌劇上演的是什麼不重要。你坐好了。你已經坐好了。快樂的劇情，他們大笑；悲傷的故事，他們嘆息。在他們消費完所有可能的情感操弄後，你超前所有人，預知了所有故事的真相，而那終將導致一個無可避免的，孤獨的結局：你人生唯一的結局。

所以你不要笑，至少，不要跟他們一起笑。

也還不要哭，深知連哭都需要耗費多大的力氣。而此刻你幾乎只是透明的存在，什麼力氣都沒有。甚至不是存在。哲學家貝克萊說，存在就是被感知，而你唯一感知的，是自己的感知不被感知。

不笑也不哭，那就畫上個大嘴巴吧。

像你此刻坐的位子，台上正搬弄著威爾第的丑角《法斯塔夫》。一個似哭也似笑的真正小丑。

他們看見你了。他們終於看見你了。

他們看見此刻眾人原本掉淚的悲傷故事，銀幕上的這一個，從來演的就是你。

他們拍手叫好。你演得太好笑。

4' 33

John Cage 的《4' 33》是現代派最知名的「機遇音樂」，然而它並無法被演奏。

那是一段長達四分三十三秒的靜默，抵抗所有樂器的演奏可能。無法敘說，也無法被敘說。

/

自從知道這首曲子之後，我一直在心中演奏這段不可能的樂音。

其實它到處都是。

一段被卡在電梯裡的沉默，你按了十五樓想要直上，心中暗自祈禱沒有人再闖進來。你知道自己不擅長處理招呼，諸如「你好」、「再見」這些既平凡卻重要的事。從你心中默默祈禱，到另一個放學的小學生背著書包進來，並以奇怪的眼神看著你，站在電梯的角落死盯著樓層指示燈，到他終於又開門出去。這段時間就是四分三十三秒。

當女孩告訴你「從來只有喜歡沒有愛」，你感到天旋地轉。身體解離的時間，花了四分三十三秒。四分三十三秒的時候，你終於解離完成，驚訝地發現世界還在運行，沒有人為你的心碎停下一秒鐘。她也沒有。

你忽然想起，更久的以前，你曾和她一起看深夜電影台播放的《海上鋼琴師》。你們一起看過很多次，很有名用菸鬥琴的誇張橋段。但那是你們第一次一起看這段：當1900在被說服嘗試現代錄音的時候，他從琴房的窗戶看出去，一個在小雨中的女孩倩影，就這樣烙印在他的心頭。而你剛好也從她的眸中，看見1900此時彈琴的表情，倒映在你自己的眼睛裡。

這段小小的彈琴談情也就花了四分三十三秒。

最後一次，是你參加外公葬禮的時候。

生前在病床時，喜好音響和音樂的外公就特別指明了自己葬禮所要播放的音樂。那是顧爾德演奏巴哈《D小調協奏曲BWV974》的第二樂章慢板。長度是四分四十八秒。

你為什麼記得這麼清楚？

你所有的音響和音樂知識都來自外公，長大你才知道，外公和室的榻榻米上，左右兩側的兩個大木箱根本不是衣櫃。那是來自英國的驕傲，Tannoy西敏寺大喇叭。彼時的你竟然以為外公的音樂播放是來自中央那對較小的JBL「小步舞曲」喇叭。因為太喜歡它的聲音了，外公曾答應你好好用功考上理想中的大學，就把它送給你。連同這台現在你所使用的，骨董級Sony CD唱盤。外公說，只要肯努力，就是你的。

Sony CD播放機的型號你早就忘記了。但你還記得，外公跟你說過的那個故事。史上第一張CD的容量，剛好能納入一首貝多芬《合唱》交響曲的長度，那是卡拉揚指揮柏林愛樂的決定盤。外公有這一張，你當然也有。

「瞧，是不是很神奇？」你看著外公興奮展示這台數位轉盤的特異功能，螢幕上完美地讀出「67'03」。

外公說，CD最長就是唱到這個長度了。「如果聽偉大的貝多芬《第九號交響曲》中最激昂的《快樂頌》，還得起來為黑膠翻面，你說是不是很掃興？」從此你知道CD最長的演奏時間，大概就是七十分鐘。

很多年的夏天午後，你們祖孫倆在他的房間裡，放顧爾德的這首巴哈協奏曲《BWV974》，還沒播完聲音就被切掉了。每次都這樣。

這就是早期數位唱盤的缺點。古董級的CD唱盤唱不過七十分鐘。出自一種對貝多芬的崇高敬意，七十分鐘之後絕不能再有任何安可曲了。「你說，在偉大的《合唱》之後，再來一兩首補白曲，像話嗎？」外公總是笑著問你。

還能有比《合唱》更偉大的曲子嗎？

所以你知道原因了。這首顧爾德演奏的巴哈曲子，剛好放在整張專輯之後，介於六十七分到七十一分之間。一般一九九五年後新出的唱盤都讀得到這個長度了，但祖父的Sony骨董唱盤偏偏不行。

它只能讀到七十分整，之後就是一片音樂的空白。它只能讀到巴哈協奏曲《BWV974》四分三十三秒處。從四分三十四秒到四分四十八秒之間的十五秒，它

無法辨識，也就無從唱出。

/

參加外公的葬禮那年，恰好是你最寂寞的十五歲。你覺得外公像在跟你開玩笑。指定要在自己的葬禮上播放這首顧爾德的曲子，像是存心要和未能看他最後一面的你過意不去。

或者要提醒你什麼。

「還有能比《合唱》更偉大的曲子？」你心中忽然想起外公常常笑呵呵地這樣問你。

葬禮上，突然傳來一段你有些熟悉但肯定沒聽過的音樂。你在眼淚裡想起外公的音響和從沒被放完的顧爾德。

那是巴哈協奏曲《BWV974》四分三十三秒之後的音樂。

從四分三十三秒後，比《合唱》更偉大的音樂。你人生自此所有的音樂。

Kind of Blue

記得曾有這樣一個故事，很可能和現實有所出入，不過記憶不總這樣嗎？是那些鄉愁化的色度讓回憶成為我們生存的指涉。從記憶深處提煉出來的故事，重新出土的時候，都混雜了濕潤的泥味，真實到可以從手指中搓出所有人物的塑像。

/

邁爾士．戴維斯和樂團在錄音。

每到精彩的 jam 之前，總有人忘我地開炮，領先所有人掉進自己的世界。

邁爾士當然很不高興。

「這傢伙又這樣了！」他心想。

每次跟他講都不聽，早知道就不要邀他進來了。

自我感覺良好的傢伙。邁爾士狠狠瞪了他一眼，團員也開始不耐他的脫序。

薩克斯風手這才有點不好意思地看著大家，他知道自己再也不能這樣 jam 得如此忘情，忘了要和整個樂團達到一種更高層次的融洽。

他準備好了，克制自己不要成為自己。所有人都感受到空氣裡的死亡凝結。他不能再搞砸了。

「你懂了吧？很好。那我們來吧。」邁爾士終於露出放鬆的微笑。

一、二、三——

Here we go.

媽的！薩克斯風又放炮了。

但這次，媽的，他 solo 得真是好聽啊。

在他吹奏的當下，彷彿世界不存在。世界消逝了一秒。樂手的心漏了一拍。因著那一秒一拍，世界變得更模糊也更加具體。

Divine Madness！

一種所有樂手都想攀登攻頂的「神聖瘋狂」。那是繼希臘酒神 Bacchus 跳舞以來，武林就傳說難以重現的無上「神入」感。貝多芬用《第七號交響曲》告訴你這是什麼感覺。馬蒂斯的所有畫作。王羲之酒後的《蘭亭集序》……

這傢伙竟然辦到了。

一曲奏畢，薩克斯風手才回神過來，歉歉然看著大家。沒有人說一句話。沒有人能說一句話。世間所有最美的話，他已經用音樂說完了。

「你說，你叫那個……什麼名字？」邁爾士回過神來，不可思議地問。

「柯川。約翰・柯川。」

那一年，他們一起錄下《Kind of Blue》，成為爵士史上最知名的專輯。藍色，真的是最溫暖的顏色。

All That Jazz

酒館人聲鼎沸，杯觥交錯的玻璃撞擊，發出清脆刺耳的聲響。

這裡的人怎麼了嗎？沒發現角落的那個男人出神又發懶。

他應該就在那裡，把鋼琴老老實實地彈好。

他的琴聲又破碎又蒼老，充滿難以理解的和弦。

沒有人聽見他。沒有人聽見他的怪異和破碎。

我點了一杯酒，向男人走去。我是巴黎的鋼琴名家，不能讓這個冒牌貨在這裡侮辱蕭邦。

我示範了正確的華爾滋彈法。我沒有想到，他能立即跟上。

我舔了舔嘴，手心微微出汗。一口喝掉半杯酒。

我彈拉威爾，我彈普朗克，我彈李斯特。

這一次，他沒有跟上。他彈得比我更前面。

他彈出一個宇宙。自己的宇宙。

男人分明什麼都會彈。男人會彈我彈的。

我不會彈他彈的。

「那是什麼？」我問。

「爵士。」他說。不客氣地從我手裡接過酒，把剩下半杯喝掉。

後來我才知道他的名字，在我離開巴黎很久後。那時已很少人記得我。

Keith Jarrett。他的名字才要剛被記得。

永遠記得。

Somewhere, Somebody

我有沒有告訴過你，關於卡夫卡筆下那個男人變成甲蟲的故事，大家都讀錯了。男人不是一早醒來就變成甲蟲的。他是慢慢變成甲蟲的。

在咖啡館呆坐的下午，男人在擁擠的空間裡，突然聽到廣播聲傳來李歐納·柯恩蒼老的歌聲。他環顧四周。擁擠的下午還是那麼擁擠。沒有一杯咖啡因為聽出音樂發生的當下，而起了不可思議的化學反應。這讓他覺得很苦。

男人帶著貓去散步，他可以感覺風吹在皮膚上的細微聲響。可是他養的貓就快死了。那隻名叫 Shirley 的貓，老到已經走不動了。

與其說他陪貓去散步，不如說是Shirley拉著他走，以牠最後剩下的時光。貓知道他必須要這樣走，感受自己是被珍惜和陪伴的，像他被家中散落一地的唱片和詩集那樣溫柔地擁抱。

有時候，只要這樣安靜地陪他走一段就好了。

貓不懂辛波絲卡的詩，也聽不懂夜晚裡他播放的那些爵士藍調。由於不懂，貓就甘心只是成為藍調。

後來，貓終於走不動的時候。全世界的藍調就真的只是blue的代名詞。

親手埋葬Shirley那天，全世界的音樂，他開始慢慢聽不見。剛開始他還記得起一句歌詞或某段小調。他在捷運上不自覺地哼出，沒發現眾人都以他為漩渦中心散開了。

慢慢地，他連自哼自唱的時候也變少了。有天他從玻璃窗上看見一個熟悉的身影一閃而過，他倏地記起那首歌。珍妮佛．華恩絲唱的〈Somewhere, Somebody〉。當他歡心大唱，不再只是小哼，卻沒有人散開。沒有人聽見他在殼裡想逃出來的聲音。

他的心終於被世界石化完成。成為甲蟲也只是剛好的事。

My Favorite Things

發現貓不見的時候，女孩才開始心慌。

她埋怨自己，事情已經那麼明顯了，為什麼一開始，不做些什麼。

她依稀記得，好幾個禮拜前的週一早上，牙膏比她預期的少了一些。她不在乎，令人提不起勁的週一，讓一切看起來都有點詭異，卻也沒那麼詭異。

在她放縱注意力的接下來幾週，每天房間裡都有東西不見。

消失的一截牙膏。詩集有好幾頁被無聲地撕去（恰好是她最喜歡的那幾頁）。沙拉杯裡長條的蔬菜棒預先變得更短（竟然不是她討厭的茄子）。

回家倒頭大睡前，棉被預先陷入的人形輪廓，她不關心。

放熱水洗澡，溫度比往常更慢熱好，彷若有人先用了一大桶水，她也覺得只是房東的熱水器快壞了。

晚上回家吃飯的時候，貓不見了。

貓和她很親，不可能就這樣不見。

夜裡女孩發狂地在大街上走，要找回她消失的貓。

其實她房間的約翰．柯川《我最喜歡的事》黑膠也不見了。

在貓消失的瞬間，柯川也不見了。

女孩外出尋貓的此刻，很久沒通電的唱盤自己轉動了起來。柯川回來了。

那些女孩最喜歡的事，在她不注意之間，被時光慢慢偷走的平凡珍寶，重回自己該有的位置。

然後，一隻棕色的貓，擺動著她倔強的尾巴進來，一如席巴女王之進場。

一切完好如初。房間依著自己的韻律，如牆上的老式時鐘，擺動著日常：那是他們最喜歡的事。

女孩不見的時候，貓依然安睡。

沒有人放熱水的房間，空氣一樣乾燥。除了唱到內側的黑膠，不斷和唱針發出尖銳的摩擦聲，像是誰的心擱淺在無人聽見的風景裡，持續發出求救的訊號。

Fever

發燒友的眼睛看起來都很睏，這是千真萬確的事。兩種可能。音樂太好聽了，捨不得睡；音響太難搞了，總是疑神疑鬼。

P是我們這團裡最愛睏的傢伙。我們都知道，但我們不說，他一個月的精品咖啡用量，可以買一組好音響了。但他喝再多咖啡，也掩蓋不了他愛睏的事實。

P很敏感，說來這也是他的天賦和詛咒。他能辨認系統的微動態和活生感，但這也造就他吹毛求疵的性格。

上週遇見他，興高采烈，針壓、VTA什麼都對了，放什麼都好聽。他一夜沒睡。

今天我遇見他了，還是沒睡。

「什麼都沒動啊，但空氣感不見了。」他抗議。

我知道此刻他家一定像炸過的核爆現場：把線材、角錐、靜電消除器等等全尋過一輪，只差沒把打在地下的接地棒也抽起來看看有沒有事。

我知道他真的沒亂動。我也知道今晚的音響很難聽。

我知道他只是在起肖。

因為寂寞的關係。

我們都知道，但我們不說破。他只是要我們同理他。

「唉，沒關係啦，昨天台電不穩，我家放慕特的《卡門幻想曲》也難聽。」「我跟你說喔，最近吹怪風，空氣品質超差。落塵多，我一直被自己電到。你說黑膠會好聽嗎？」「這簡單，你家的咖啡不太新鮮了，難怪你犯疑心病。走走走，我拿豆子去你家泡，我們來聽。」

他連忙說好。

他只是要我們去陪他聽。照料他敏感的心像照料個孩子，也像照料一位詩人多愁善感的體質。

只要我們在，他的音響就好聽了。音樂就正常了。

「哇！你這杯咖啡好讚啊，真有你的。咖啡好喝了，什麼都對了。」

我們不告訴他我們用的豆子，是用精品咖啡的外包裝，放進大賣場的混合豆。

也不告訴他，其實我們故意把他的舒曼波產生器關了。

我們只讓他知道，我們在這裡，永遠會在這裡。

耳邊此刻傳來的溫暖，讓他永遠發燒。

The Melody at Night, with You

很長一段時間，我討厭別人動我的東西。

「這個會亮亮的東西真好看。」說著他就要去摸我的真空管。

我讓他摸，不摸怎麼知道火會咬人。

但我把最好的壓箱寶唱片放在櫃子最深處，期待不要被找到。

慣常是，我只要拿出發燒片來就可以打混過一次家訪。但總有幾個人不信邪，會在安塞美指揮的《皇家芭蕾》後面繼續翻。我有些生氣，又不好意思發作。

「繼續翻啊，保證你還是走寶。」我在心裡乾笑。

他們找到了鄭京和在法國小廠的現場錄音，高興得不得了。

我也很高興。他們還不知道。

他們還不知道，那些發皺的封套，折了又折的名字，才是夜裡我魂牽夢縈的真正寄託。

有一次很驚險，Louis Kentner 演奏的李斯特被翻出來。

「你確定要聽？李斯特很猛，這傢伙卻把他彈得有氣無力，一副文弱書生的樣子。」我試著忽悠他，沒想到他興趣全來了，我只得放。

「溫柔的琴鍵像水。像流動中，水的波光，映照著幽幽的明月之彩。這不像一般人認知的李斯特，像德布西。」

他說，開始附會自己的隱喻和聯想，以為這樣就能抓住音樂的翅膀。

好險。他只聽出來這點。

他還無法感受到 Louis Kentner 的宗教情懷，那是一種超乎藝術，超乎宇宙明滅，即使此刻全黑，也還純然地相信鋼琴上還有一道微光在指引往前的路。那是信仰，那是希望，那是真正的愛。

聽 Kentner 像是盲人鋼琴師在彈琴。不，不，他的琴音不是水，也沒有照著明月。

他心中根本沒有這些東西。他在這之上，很高很高的上面。他在烏雲裡彈鋼琴，無光的聲響裡，卻為我們輕柔擋下夜裡的第一場雨。

果不其然，那個翻出Kentner的傢伙自鳴於眼力非凡、耳力了得，知道這絕非俗品。然後，他提出了一個非常俗的請求：「這張要多少錢？」

不賣，不賣，多少錢都不賣。

我不是小氣。我已經可以想見，把這張唱片讓渡給他，只會成為他架上另一張裝飾性的戰利品，像是在說，我有這張哩，你們沒有。因為你們都沒有品味，只有把李斯特彈得很炫技很響亮的那些俗品。

/

最後一次讓人家訪，首席帶來一個新的樂友Q，大學都還沒有畢業。我記得他喜歡登山，如千山之穩健而無語。他也什麼話都沒有說，他什麼唱片也不懂。

這很麻煩，因為他不懂，他不會去特別拿那些發燒的爆棚片。他只是隨著眾人的擺渡吟唱，自己掉入自己的世界，而無差別心。

每當他們嚷了又嚷，這張不好聽啦，趕快拿張強的來洗耳朵，我眼角故意去瞄他，發現他閉目養神，像是在睡又沒在睡，像是已經排除周遭所有事物，真真切切地進入到音樂的核心。

我有點感動，但我不想承認。我還要考考他。

我放菊勒演奏的蕭邦《夜曲》。乾癟的聲響中，底蘊著幽微的情懷和意念。

「什麼啦！《夜曲》怎麼不放端正的魯賓斯坦還是浪漫的富蘭索瓦？你也太沒常識了吧。」他們又挖苦我，只是我根本不在意。

他們見我毫無所動，自己聊自己的。等我堪堪放完一面，竟然聽見Q隱隱的啜泣聲。那是他因心裡感動，情不自禁掉的淚。

那晚過後，我再也不讓人來家訪。我只讓他來。

那不是家訪，那是朋友間的聚會。靈魂的真正交流。

我讓他盡情摸遍所有的器材和唱片，讓他借走一張聽到內心裡的黑膠，雖然我知道他播放的器材並不高級。那沒有什麼關係。

重要的是，他超於物外，聽音樂不聽音響。聽的是音樂家內心的歌。

最重要的是，他會還。他是信人是君子，他一定會還。

這是我牽絆也牽掛他的方法。把自己最好的那部分交了出去，期待他有所回應。

期待自己也被這樣期待。

那夜，無人期待的菊勒《夜曲》中，第一聲出，他已經找到了我。

隔著音樂，我們開始彈奏自己的夜。

而夜未央。

Paradise in My Heart

我去過一個朋友的家。他每一張最愛的專輯都有兩張。一張放來聽，一張連膠膜都沒有撕掉。「你幹嘛？不聽放在架上，要拿來膜拜嗎？」我問。他閃過一個賊賊的笑，什麼也沒說，感覺像是有什麼祕密。這個祕密讓他自認為比所有人都強。像是在說，我有你不知道的儀式，和夜裡燃燒的小宇宙。

最近，我發現身旁的朋友都有這個奇怪的笑容。C君買了焦元溥新版的《遊藝黑白》，聽著Robert Levin的鋼琴，成天在傻笑。其實我知道他連舊版的都沒有看完。他已經忘記，他把書借給了我。

我不還，我不說，因為我知道，他沒有真的要去看什麼書，他只是要滿足成為焦

元溥粉絲的願望。我欣賞他的儀式和怪癖，所以我不還書，以便讓他有理由成為那樣的自己。

其實我也有自己的怪癖。

我喜歡破碎的事物。完整的、亮麗如新的，總令我感到不安和羞恥。我沒有一張唱片是全新的，沒有一對喇叭不是經過三手以上。新的東西沒有靈魂，斑駁的唱片，一如樹木年輪，每次播放，就在歲月裡告訴我它不凡的人生故事。

然而，這麼做不是念舊，不只是念舊。

我是機王。每次買新的東西，一定是壞的。新的手機，壞的。新的鞋子，才走出門就下大雨。新的唱片，拆開發現早已發霉。新的車子，肯定被刮。

所以，遇見全新的她，我在心裡努力把她折舊，想像她和我一樣，也是破掉的人。如此我才能安心，不為自己感到太多的抱歉。

「嗨，妳好。」

但話才一出口，我就知道自己錯了。

她很陽光，綻放的青春，還不想被你弄舊。

她看見我用 AIWA 卡帶機播放的黃鶯鶯，訝異於我還有那樣不合時宜的設備。

她肯定聽說過方型小吐司的祕密。

「借我聽一下好嗎？」她有點不好意思地說。

那是一張黃鶯鶯唱英文歌的專輯。

AIWA 薄型卡帶機，沒有自動迴帶的功能。她從我聽的那首繼續聽，一下子就捲到底，「咔」一聲，停止鍵彈了起來。她開始掉淚。

她的爸爸是外國人，和她媽媽在美軍俱樂部認識。

他們曾一起聽過黃鶯鶯在台上演出的歌聲。台下酒杯交錯，滿室的菸味，沒有人看見他們，也沒有人認真在聽黃鶯鶯。他們卻清楚認出彼此的樣子。

黃鶯鶯正在唱〈Paradise in My Heart〉。

Paradise，那是她媽媽第一個認識的英文單字。她是俱樂部最美的服務生。

這個故事不是她爸爸遠走美國，拋下她們母女倆不顧的《蝴蝶夫人》。這個故事有最好的發展，他們相戀，結婚，生下了她，直到她母親因病去世。

那年她才一歲不到。正確來說，她連一分鐘都還不到。

她出生大哭的時候，媽媽面帶安詳地走了。她在微笑，她卻在哭。她的父母都知

道，生下她將冒失去生命的風險，但母親不顧身體的先天不適，依然做出這個勇敢的決定。

從那天起，她的爸爸每天聽黃鶯鶯的錄音帶。

說來諷刺，原本的paradise如今已成為樂園的廢墟：Paradise Lost。但爸爸還是一直聽，以為這樣就能挽留住回憶的一些什麼。

她三歲開始懂事的時候，她爸爸突然不聽了。不只是黃鶯鶯，是什麼音樂也不聽。成長的路上，她從來不知道爸爸曾經那樣愛過音樂，但黃鶯鶯的歌仍藏在他的夢裡，也藏在女孩三歲前的基因裡。

那句老話是怎麼說的？凡走過必留下痕跡。原來，凡唱過的，也不會消逝在風中。像種子一樣，只是隨風到一個更好的地方，等待肥沃，等待澆灌，等待有一天，被輕柔地喚醒。

像今晚，她在這台用了不知幾手的卡帶隨身聽上，聽見這首破碎的人生戀曲。兩個被時光作舊的人，在黑暗的夜裡聽到全新發亮的感動。像周遭的朋友一樣，我終於也能放鬆地笑了。

原來，這就是音樂的祕密。愛的祕密。

HIDDEN TRACK

樂興之時

相傳顧爾德在世時，從來沒有對任何一位鋼琴家有過美言。

其實這也不是太令人驚訝的事，指揮家伯恩斯坦和顧爾德合作《布拉姆斯第一號鋼琴協奏曲》之前，當時放送的廣播，清楚地記載了伯恩斯坦的咕噥。他表示，即來的這場演出，鋼琴家和指揮家的立場是完全不同的，請聽眾不要從座位上嚇得跳了起來，那將會很失禮。

然而，所謂「同行相忌」，對於盡情冒犯同樣為藝術燃燒靈魂的音樂家，顧爾德可是沒在注意什麼社交禮儀的。你瞧，連對偉大的伯恩斯坦，這位素以「憂病症」著稱的鋼琴家都不把他放在眼裡，他還會對其他鋼琴家有好話嗎？

江湖盛傳，顧爾德在一九五五年靠著錄製《郭德堡變奏曲》，一戰成名。幾年之內，這位名聲大起的古典新星可謂受到了天神一般的擁戴。三年之後，一九五八年的二月初，有人跟顧爾德說，歐洲死了很多人。一種新型的流感病毒，如愛倫坡〈紅死神的面具〉，所到之處，星夜無光。

告訴顧爾德這件事的友人，是出自於一種善意。那時的顧爾德還沒把自己鎖在一個永恆寂寞的房間不出來，他還到處巡迴表演，開拓自己的事業。朋友的告誡很清楚，不要到歐洲去，那裡很危險。但顧爾德之所以成為我們喜歡的顧爾德，一如電影《捍衛戰士》的主角之所以為獨行俠，就在於他可以毫不在乎。

事實上，顧爾德是真的不在乎。因為忙於錄製新專輯，他壓根兒忘了歐洲新型流感大爆發這件事。

二月二十五日晚上，加拿大的北風正虐。顧爾德從錄音室走了出來，戴著他慣常的厚重大手套，心裡還在想著如何避開所有人的目光。一旁櫥窗的真空管收音機傳來不斷的咳嗽聲。

那種咳嗽，當真是用生命在咳。顧爾德覺得很奇怪，正當他覺得自己好像想起什麼的時候，廣播傳來如電般的鋼琴之聲，從那頭的萬里雲霧裡，射進此刻他寒冷的心。

那是舒伯特的《樂興之時》。

顧爾德想起他從來沒有喜歡過這傢伙，扭扭捏捏，要愛不愛的，自己都說不清楚。他的曲目很早就告別了舒伯特，雖然有時候他會在沒人的時候，播放像《菩提樹》一樣的藝術歌曲，但……

等等，剛剛到底是發生了什麼事？

是舒伯特啊！他怎麼可以容許這樣一個悶騷性格的傢伙，在音樂迸發的當下，moment musical，解除他完封已好的冬夜之心呢？

仔細聽，在廣播那頭彈鋼琴的人似乎還真不簡單。顧爾德有點心軟了。他不願意承認自己被感動到了，在滿堂滿場的咳嗽聲中。

他終於想起歐洲的新黑死病，心想這就是了。

此刻演奏的現場一定是在那兒吧，歐陸之交。他有點幸災樂禍，感謝自己不在那裡，而是在這裡。一場音樂會下來，冰冷而不流通的空氣，恐怕回家不死也元氣大

傷。

心裡這樣想著，卻又感到無比困惑。不對啊，既然大家都知道此刻不宜出門，何以歐洲出現一群白痴，偏要此刻聚在一起，讓流感奪去自己寶貴的生命呢？

想到此節，顧爾德內心不由得大震。

啊，那到底是為什麼？還能是什麼？那必定是愛啊！崇高的愛。藝術家願意捨命獻身，觀眾也領情，一塊向自由的死亡前進而無悔恨。

顧爾德只會彈音樂，只知道音樂。此刻的他，卻忽然懂了生命中最重要的事。

/

顧爾德聽的這場演出，便是《李希特：蘇菲亞演奏會》，名震江湖。雖然音質奇差，但卻有怎樣的一種力量，在背後持續拉著你跑。

沒有人知道顧爾德是否真的在一九五八年的二月二十五日，從廣播上聽到了李希特的這場驚世演出，而該場演出相傳也是李希特得以進入歐美視野的重要契機。所有現今相關的顧爾德研究，都不會告訴你這件小小的心事，那與宇宙無關。

但我可以告訴你，在一九五九年的八月二十五日，幾乎是整整一年半後的顧爾德在做什麼。

在靠近蘇菲亞的一個地方，奧地利薩爾茲堡，顧爾德舉行了一場「最經典曲目」的現場演出。你猜得沒錯，那正是他賴以成名的《郭德堡變奏曲》。

沒有人知道那場音樂會的實際人數。現存的載體同樣清楚記錄到了顧爾德標準的哼聲，只是更為溫柔，像是哼給什麼人聽一般。

很久很久的後來，終生未錄《郭德堡》的李希特卻在教堂錄下了他非常知名的《平均律》。幾乎也從那一次開始，人們發現李希特彈鋼琴時，已發展出自己的一套儀式。他總要吩咐工作人員，把現場的光源全部熄滅。然後，他要在自己的平台鋼琴前，擺上一盞小小的燈火。

寂靜、伸手不見五指的空氣中，人們震懾於這種近乎神性的恐怖與壯麗。

李希特總是遲了好幾秒，才緩慢地把他的手放在燈火之上。又過了好久，感覺是宇宙再次互相撞擊生成，琴音才從萬里的雲霧間傳來。

一次，一個大膽的人問他，「大師您遲疑了，是在思慮什麼嗎？」

平常甚為少語的他，突然開口了。

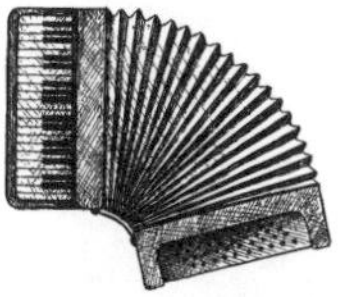

「等一個人。」他說。「我在等一位遠方的人，他不太可能出現的，但我還是想等他一下。不為別的，我想，可能就只是因為，他是我的朋友。」

寫在最後

網路上有篇「恐音症」的新聞，故事男主角患有恐音症，只要聽到一點點的噪音，其實旁人根本沒有覺察到的小聲響，如鍵盤的敲擊聲、時鐘的滴答聲、電扇的風切聲、唱片底噪的嗡嗡聲，都足以讓他發狂。症狀特別嚴重的時候，他完全無法外出，因為只要聽見旁人的清喉嚨聲，他就會想逃走，或是上前叫別人別發出怪聲了。

對於「恐音症」的形成和治療，由於樣本數太少，醫界迄今尚未有明確的解釋和積極的介入方式。一個普遍推薦的支持性療法是，以毒攻毒，去聽自己喜歡的音樂。以聲殺聲，當全世界只剩下自己的心跳和音樂，也就聽不見別人了吧？

此等特異症狀，其實人人都有，只是有沒有勇氣承認和面對罷了。知名美食作家就曾自道患有「恐色症」，只能接受素雅的單色穿著和擺飾，連家裡的電器開關夜裡發出來的微光都覺得擾人，因此全要遮蔽。

「那些雞毛蒜皮的小事，你幹嘛介意？」每當有人這樣說的時候，你都想說，因為我是我。

你知道社會期許你成為的那個樣子，但你無力也不想變成那個樣子。你想繼續介意那些持續干擾你的小小事——那些別人並不在意的噪音，那些紅塵凡世裡的形形色色，那些夜裡不該偷跑出來的幽冥之火。你介意（mind），然後你因此享有了自己如此這般獨特的心靈（mind）。特別是在這樣的夜裡，夜未央，全世界只剩下你的症狀，和一點點此刻殘存的音樂。

●

去年寶瓶文化的編輯小九寫信給我，想聊聊有沒有可能把文字實體化，我呆住了，也感到難為情。接著不可思議的事情發生了。愈來愈多人在「瓦力唱片行」粉專裡的故事下面留言，告訴我那些故事是怎麼攪亂一池回憶的春水，讓他們透過音樂的陪伴，重新記起那更好的時候。那是鄉愁在發酵，是青春不滅的火還在燒，也是那個不想放手的人，和不想放手的自己，在音樂迸發的當下，讓歲月裡的自己與自己和解，自己和自己再度相遇。

他們開始在後台留言，告訴我，他們真的喜歡這些故事。也告訴我，他們希望我一直說下去。夜裡的廣播電台不要斷，瓦力唱片行的故事還得這樣繼續。他們沒說的是，只要我這麼說下去，有朝一日，我也會這麼說到他們的故事，他們愛聽的歌，和他們在音樂裡如何持續溫柔地抵抗這世界。

是他們先感動我，我才開始覺得把這些人的樣子，關於他們聽音樂、也被音樂所諦聽的姿態，以全實體的方式，像一張真正類比、手工製作的黑膠唱片或錄音帶一樣，「老派而慎重地」介紹給更多的人，是一件有意義的事。

●

這本書，獻給生命中所有的音樂、朋友。最重要的是，獻給你。

如果你曾為故事裡的一字一句感動了，哪怕只是一個神似的引述或錯身，希望你告訴更多人。告訴他們，自己並沒有壞掉，或者其實已經壞掉，但那沒有關係，還有人在這頭徹夜不眠，為你播一整季青春的歌。

國家圖書館預行編目資料

瓦力唱片行 / 瓦力著. -- 初版. -- 臺北市 :
寶瓶文化, 2020.03
面 ; 公分. -- (Island ; 297)

ISBN 978-986-406-184-6(平裝)

863.57 109001653

Island 297

瓦力唱片行

作者／瓦力
企劃編輯／林婕伃

發行人／張寶琴
社長兼總編輯／朱亞君
副總編輯／張純玲
資深編輯／丁慧瑋 編輯／林婕伃
美術主編／林慧雯
校對／林婕伃・陳佩伶・劉素芬・瓦力
營銷部主任／林歆婕 業務專員／林裕翔 企劃專員／李祉萱
財務／莊玉萍
出版者／寶瓶文化事業股份有限公司
地址／台北市110信義區基隆路一段180號8樓
電話／(02)27494988 傳真／(02)27495072
郵政劃撥／19446403 寶瓶文化事業股份有限公司
印刷廠／世和印製企業有限公司
總經銷／大和書報圖書股份有限公司 電話／(02)89902588
地址／新北市新莊區五工五路2號 傳真／(02)22997900
E-mail／aquarius@udngroup.com

法律顧問／理律法律事務所陳長文律師、蔣大中律師
如有破損或裝訂錯誤，請寄回本公司更換
著作完成日期／二〇二〇年二月
初版一刷日期／二〇二〇年三月二日
初版五刷+日期／二〇二三年三月二十四日
ISBN／978-986-406-184-6
定價／三一〇元

AQUARIUS 寶瓶 文化事業

愛書人卡

感謝您熱心的為我們填寫，
對您的意見，我們會認真的加以參考，
希望寶瓶文化推出的每一本書，都能得到您的肯定與永遠的支持。

系列：Island 297　書名：瓦力唱片行

1. 姓名：＿＿＿＿＿＿＿＿　性別：□男　□女

2. 生日：＿＿＿年＿＿＿月＿＿＿日

3. 教育程度：□大學以上　□大學　□專科　□高中、高職　□高中職以下

4. 職業：＿＿＿＿＿＿＿＿

5. 聯絡地址：＿＿＿＿＿＿＿＿＿＿＿＿＿＿＿＿

   聯絡電話：＿＿＿＿＿＿＿＿　手機：＿＿＿＿＿＿＿＿

6. E-mail信箱：＿＿＿＿＿＿＿＿＿＿＿＿＿＿

   □同意　□不同意　免費獲得寶瓶文化叢書訊息

7. 購買日期：＿＿＿年＿＿＿月＿＿＿日

8. 您得知本書的管道：□報紙／雜誌　□電視／電台　□親友介紹　□逛書店　□網路　□傳單／海報　□廣告　□其他

9. 您在哪裡買到本書：□書店，店名＿＿＿＿＿＿　□劃撥　□現場活動　□贈書　□網路購書，網站名稱：＿＿＿＿＿＿　□其他＿＿＿＿＿＿

10. 對本書的建議：（請填代號　1. 滿意　2. 尚可　3. 再改進，請提供意見）

   內容：＿＿＿＿＿＿＿＿＿＿＿＿

   封面：＿＿＿＿＿＿＿＿＿＿＿＿

   編排：＿＿＿＿＿＿＿＿＿＿＿＿

   其他：＿＿＿＿＿＿＿＿＿＿＿＿

   綜合意見：＿＿＿＿＿＿＿＿＿＿＿＿＿＿＿＿＿＿＿＿

11. 希望我們未來出版哪一類的書籍：＿＿＿＿＿＿＿＿＿＿＿＿＿＿

讓文字與書寫的聲音大鳴大放

寶瓶文化事業股份有限公司

（請沿此虛線剪下）

廣　告　回　函
北區郵政管理局登記
證北台字15345號
免貼郵票

寶瓶文化事業股份有限公司　收

110台北市信義區基隆路一段180號8樓
8F,180 KEELUNG RD.,SEC.1,
TAIPEI.(110)TAIWAN R.O.C.

（請沿虛線對折後寄回，或傳真至02-27495072。謝謝）